KB206845

어느 자폐인 이야기

EMERGENCE:
LABELED AUTISTIC
BY TEMPLE GRANDIN

Emergence : Labeled Autistic

어느 자폐인 이야기

| 템플 그랜딘 지음 | 박경희 옮김 |

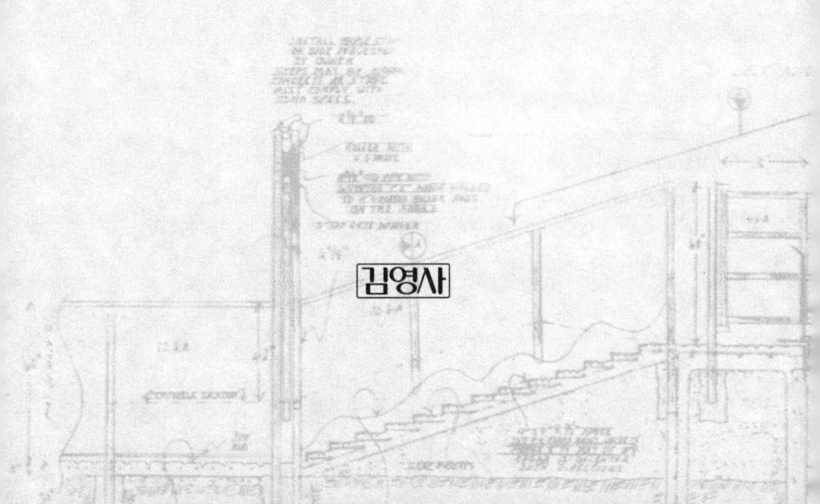

김영사

어느 자폐인 이야기

저자_ 템플 그랜딘
역자_ 박경희

1판 1쇄 발행_ 1997. 6. 28.
개정판 13쇄 발행_ 2020. 11. 26.

발행처_ 김영사
발행인_ 고세규

등록번호_ 제406-2003-036호
등록일자_ 1979. 5. 17.

경기도 파주시 문발로 197(문발동) 우편번호 10881
마케팅부 031)955-3100, 편집부 031)955-3200, 팩스 031)955-3111

값은 뒤표지에 있습니다.
ISBN 978-89-349-5548-1 03840

홈페이지_ www.gimmyoung.com　　블로그_ blog.naver.com/gybook
페이스북_ facebook.com/gybooks　　이메일_ bestbook@gimmyoung.com

머리말

초청장을 내려놓고 커피잔에 두 번째 커피를 따랐다. 버몬트 주에 있는 마운틴 컨트리 학교의 동창 모임. 벌떼처럼 옛날의 기억들이 머릿속에서 되살아났다.

참 좋았던 마운틴 컨트리 학교, 존경하는 나의 피터 교장 선생님……. 내가 받은 초청장이 혹시 잘못 온 것은 아닐까? 내가 '이상한 아이', '고착적인 얼간이', '다른 아이들의 머리를 치고 다니던 괴상한 아이'였다는 사실을 잊은 것은 아닐까?

그들이 어떻게 나를 잊어버릴 수 있겠는가? 생후 3년 6개월이 될 때까지도 말을 못했던 '이상한 아이'였던 나를. 그 나이까지 소리 지르거나 징징거리거나 콧소리를 내는 것이 나의 의사소통 수단의 전부였다. 여러분이 알다시피, 나에게는 자폐인이라는 딱지가 붙어 있다. 1943년 케너 씨가 다양한 징후들을 명명하기 위해 '자폐증'이란 용어를 개발했는데, 그로부터 몇 년 후 나는 자폐인 진단을 받았다.

많은 부모들이나 이 분야의 전문가들은 '한번 자폐가 되면 영원히 자폐' 라고 믿고 있다. 이것은 곧 자폐 아동이라고 진단 받은 많은 생명들은 나의 어린 시절처럼 평생 안타깝고 슬픈 인생을 살아야 한다는 것을 의미한다. 그들은 자폐증도 잘만 치료하면 교정하고 통제할 수 있다는 것을 전혀 이해하지 못한다. 그러나 그렇게 될 수 있다고 확실하게 말할 수 있는 산 증거가 바로 나다. 특히 다섯 살 이전에 의미 있는 언어를 구사할 수 있는 자폐 아동들에게는 실제로 가능한 일이다.

지금 나는 30대 후반이다. 나는 가축을 다루는 도구 디자이너로 세계에서 몇 명 되지 않는 사람들 중 한 명이다. 내가 하는 일은 세계 각국에 있는 회사에 특수 도구 디자인을 위한 자문과 지도를 해주는 것이다. 나는 전공 분야 전문지에 정기적으로 연구를 발표하고 미국 전역을 다니면서 전문적인 회의에 참석한다. 현재 동물과학 분야에서 박사 학위 과정 중인 나는 정상인과 마찬가지로 경제적인 걱정 없이 독립적으로 살고 있다.

보호 시설에서 평생을 살 것이라고 진단받았던 아이가

'전문가'가 되는 것이 과연 가능한 일일까? 자폐아라고 불리는 아동이 어떻게 현실 세계로 나올 수 있었을까? 아직도 인간 관계에서는 약간의 문제를 안고 있지만 나는 잘 살아가고 있으며 세상에 잘 적응하고 있다.

그러면 자폐증이란 무엇인가?

자폐증은 발달 장애다. 외부에서 들어오는 감각적 정보를 통과시키는 과정에 장애가 있는 것이다. 그로 인해 어떤 자극에는 과잉 반응을 하고, 또 다른 자극에는 과소 반응을 보인다. 자폐 아동은 돌격해 오는 자극들을 막기 위해 주위에 있는 사람이나 환경으로부터 움츠러든다. 자폐증은 상호 인간 관계가 아주 어려운 아동기에 나타나는 이상 상태다. 자폐 아동은 주위의 세계를 탐구하러 나가지 않고 대신 자신의 내적 세계에 머문다.

다른 자폐 아동들과 마찬가지로 나 또한 어렸을 때 냄새·움직임·소리들에 과격한 반응을 나타냈다. 자폐 아동의 특징인 한 가지 활동을 시작하면 멈추게 할 수 없는 고착적 행동을 곧잘 보였고, 그것이 주위 어른들을 무척 난처하게 했다.

무엇이 자폐증을 일으키는가? 그것은 아직도 수수께끼로 남아 있다. 신경성인가? 생물학적인 문제인가? 자궁안에서의 충격인가? 모성애 부족인가? 혹은 미네랄 부족? 뇌장애? 심리적 유전? 많은 전문가들의 견해가 각각 다르다. 연구에 따르면 중추 신경계의 어느 한 부분이 적절히 발달하지 못했기 때문이라고 한다. 알 수 없는 이유들로 인해 발달하는 뇌 속에서 자라고 있는 수많은 신경들이 서로 잘못 연결된 것이다. 연구자들은 자폐증의 조건을 가진 독서 장애 난독증 환자의 뇌 연구를 통해 그들의 신경들이 잘못된 방향으로 자라고 있음을 밝혀냈다. 정밀 뇌파 검사기를 이용한 여러 연구 보고에 의하면 상당수 자폐인들은 신경계 발달에 이상이 있고 뇌의 어떤 부분이 과잉 반응을 한다는 것을 알 수 있다. 중요한 사실은 자폐증의 종류에 상관없이 그 증후들이 거의 같다는 것이다.

이 증후들은 태어나서 몇 달 후면 나타나기 시작하는

것 같다. 자폐 유아는 다른 아이들처럼 반응하지 않는다. 청각 장애처럼 행동하지만 소리에 반응을 보이므로 청각 장애아는 아니다. 다른 감각적 자극에 대한 반응이 일정하지 않다. 정원에서 가져온 장미 향기가 그 아동을 무척 화나게 하거나 자기 세계 속으로 몰입시킬 수 있다. 또 다른 증후들로 상대방과 접촉을 피하거나, 의미 있는 언어 표현이 없거나, 반복적인 행동을 보이거나, 울화통을 터트리거나, 큰 소리나 특이한 소리에 예민하거나, 사람과 감정적 유대감이 부족하다.

그러면 치료 방법은 무엇인가? 감각적 자극, 행동 교정, 교육, 약물 요법, 식의 요법, 영양 보조 등이 있다. 각 치료 방법마다 약간의 성공 가능성이 있다. 때로는 여러 가지를 함께 사용해야 할 필요도 있다. 어떤 자폐인들은 이 방법에, 다른 자폐인들은 다른 방법에 반응을 보인다. 어떤 자폐인들은 평생 동안 보호 시설 기관의 도움이 필요하다. 왜냐하면 자기 세계 이외의 세상과 사회에 대한 인식이 없거나 지나치게 공격적 행동을 보이기 때문이다.

내 경우는 좀 다르다. 나의 이야기는 자폐 아동을 다루는 부모들이나 전문가들에게 희망을 준다. 어떤 치료인들은 어머니가 쓴 내 이야기를 읽고서 너무 많은 '정상적' 행동들을 보인다며 진단을 잘못 내린 것이라 말하기도 한다. 그러나 로스앤젤레스에 있는 UCLA의 매리온 시그맨 교수나 피터 먼디 씨는 자폐 아동이 보편적으로 알려진 것보다는 많이 사회적인 행동을 보인다고 말했다. 정상 집단, 지체아 집단, 자폐아 집단을 비교했을 때 자폐인들도 그 두 집단들과 같이 어머니의 명령에 따랐다. 자폐 아동이 사람들에게 전혀 반응하지 않는다고 말하는 것은 잘못이다. 런던에 있는 정신과 의사 로나 윙은 자폐 아동은 어느 상황에서는 사회적으로 반응하다가 다른 상황에서는 전혀 그렇지 않다고 말했다. 자폐 아동들도 '일반 아동' 들처럼 그들의 기술이나 지능, 우호성, 사회적 예의성이 각각 다르다. 1950년에 자폐인이란 진단을 받은 나는 이제야 겨우 그 암흑 속에서 나의 길을 찾았다.

내가 이 책을 쓰고 나서 복사본을 아동 발달 전문가들

과 자폐증 전문의들에게 보냈다. 그들의 반응은 아주 흥미로웠다. 대부분의 경우 "왜 이런 치료를 받지 않았니? 그렇게 했으면 도움이 됐을 텐데" 하는 것이었다. 그러나 10년 전에 그런 치료가 존재했다 하더라도 몇 명의 전문가밖에 알지 못했을 것이다. 기억해 보라. '자폐증'이라는 용어는 내가 아주 어린 아이였을 때 만들어졌다. 오늘날 쉽게 알고 있는 많은 것들이 그 때는 일반에게 알려져 있지 않았고, 30년 전에는 그 분야의 전문가도 거의 없었다.

나의 어린 시절 기억들이 오늘날 아주 중요한 자료가 되었다. 나는 어떤 부분은 아직도 생생하게 기억하고 또 어떤 것들은 기억이 희미하다. 내가 기억하는 여러 사건들은 자폐 아동들이 그들 주위의 혼돈스러운 세계, 즉 그들 나름대로 질서를 잡으려고 노력하는 세계에 대해 어떠한 방식으로 인지하고 또 반응하는지를 보여주는 사례들이다.

차 례

어린 시절의 기억들

내가 어머니와 어린 동생 진을 하마터면 죽일 뻔했던 기억이 떠오른다.

어머니가 운전석으로 들어와 앉았다. 뒷자리로 팔을 뻗으면서 "템플, 이거 네 모자다. 언어 치료사에게 예쁘게 보이고 싶지 않니?" 하고 말하고는 파란 코듀로이 모자를 내 귀밑까지 잡아내려 씌워주었다. 그리고 다시 돌아앉으면서 시동을 걸었다.

나의 양쪽 귀가 모자에 짓눌려 하나의 큰 귀가 된 듯한 기분이 들었다. 모자의 끈이 머리를 너무 세게 눌렀다. 나는 모자를 벗으려고 잡아당기며 악을 썼다. 악을 쓰며 소리 지르는 것만이 어머니에게 모자를 쓰고 싶지 않다고 말할 수 있는 유일한 방법이었다. 그 모자가 나를 괴롭히는 것 같았다. 그것은 내 머리를 옥죄었다. 나는 그것을 증오했다. 나는 '말하는' 학교에 모자를 쓰고 가고 싶지 않았다.

신호등에서 파란 불이 켜지기를 기다리는 동안 어머니가 뒤돌아서 나를 보더니, "모자 다시 써라" 하고 명령했다. 파란 불이 켜지자 어머니는 고속 도로로 진입했다.

고통스러운 모자를 손으로 만지며 헝겊이 찢어지기를 바랐다. 음조도 맞지 않게 콧소리를 내며 모자를 계속 주물렀다. 모자는 내 무릎 위에 추한 모습으로 놓여 있었다. 나는 그 모자를 어떻게 해서든 없애려 했다. 그래서 차창 밖으로 던지기로 마음먹었다. 어머니는 운전에 몰두해 있으니까 알아차리지 못할 것이었다. 그러나 세 살밖에 안 된 나는 차 창문을 내릴 줄 몰랐다. 무릎 위에 있는 모자가 점점 뜨거워지고 나를 콕콕 찌르는 기분이 들었다. 게다가 큰 괴물이 앉아 기다리는 것 같았다. 충동적으로 나는 몸을 앞으로 내밀고 어머니가 있는 앞좌석 창문으로 모자를 던졌다.

어머니가 고함을 쳤다. 나는 그 고통스러운 소리를 듣지 않으려고 귀를 막았다. 어머니는 모자를 탁 받았다. 그 순간 차가 크게 흔들렸다. 갑자기 우리 차가 다른 차선으로 들어갔다. 나는 뒷자리에 등을 꽉 붙이고 앉아서 차가 옆으로 덜컹거리는 것을 즐겼다. 동생 진은 뒤에서 울고 있었다. 나는 오늘까지도 그 고속 도로 주변에 서 있던 가로수를 기억한다. 지금도 눈을 감으면 그 때 차창으로 들어온 따뜻한 햇살과 차 배기 가스 냄새를 느낄 수 있고 빨간 트랙터가 점점 우리에게 다가오는 것을 생생하게 상상할 수 있다.

어머니는 운전대를 옆으로 돌리려 했으나 너무 늦었다. 빨간 트랙터와 우리 차가 부딪쳤고 나는 차가 갑자기 정지하면서 내는 소리를 듣고 심한 충격을 받았다. 부서진 유리 조각들이 나에게 밀려들어올 때 나는 고함을 치면서 "얼음, 얼음, 얼음"이라고 말했다. 그 때 나는 전혀 두렵지 않았고, 아마 약간 흥분되었던 듯하다.

자동차 옆면이 안으로 밀려들어왔다. 내가 우리 가족 모두를 죽이지 않은 것은 기적이었다. 그리고 내가 분명히 '얼음'이라는 단어를 입 밖으로 낸 것도 기적이었다. 자폐 아동인 내게 큰 문제는 말을 하지 못하는 것이었다. 상대방이 말하는 것을 이해할 수 있지만 나의 대답은 아주 제한적이었다. 나는 노력했지만 매번 말이 나오지 않았다. 그래도 때로는 '얼음'과 같이 명확히 말하는 경우도 있었다. 이런 일은 차 사고처럼 심한 긴장 상황에서 나타난다. 말을 못 하게 하는 장벽이 그 때 일어나는 심한 긴장으로 인해 부서져 버리기 때문이다. 이러한 사실은 유아 자폐의 수수께끼이며 절망적이고 혼돈스러운 것 중 하나다. 내 주위 사람들은 왜 내가 어느 때는 말을 할 수 있고 또 다른 때는 할 수 없는지 무척 궁금해했다. 아마도 나를 노력하지 않거나 버릇 없는 아이로 여겼으리라. 그래서 나를 더 심하게 지도하려 했을 것이다.

이처럼 의사소통을 적절히 하지 못한 것과 나만의 '내적' 세계를 가졌던 것이 아동기의 일들을 다른 사람보다 더욱더 생생히 기억시키는 것 같다. 그 때의 기억들이 내 머릿속 스크린에 영화처럼 지나간다.

내가 태어날 때 어머니는 열아홉 살이었다. 어머니의 기억에 따르면 나는 파란 눈을 가진 건강하고 정상적인 신생아였으며 연한 갈색 보조개를 가진 아이였다고 한다. 조용하고 '착한' 여자아이로 그 이름은 템플이었다.

내가 6개월이 되었을 때, 어머니는 내가 안아주는 것을 싫어했기 때문에 안으면 몸이 긴장되고 뻣뻣해지는 것을 알아챘다고 한다. 몇 달 후 나는 어머니가 두 팔로 껴안으려 하자, 마치 갇힌 동물처럼 어머니를 손톱으로 할퀴었다. 어머니는 나의 이런 행동을 이해하지 못하고 나의 냉담한 행동에 마음이 상했다고 한다. 많은 아이들이 엄마 품에 안겨 옹알거리는데 우리 아이는 무엇이 잘못됐을까

하고 걱정했던 것이다. 어머니는 자신이 어리고 경험이 없는 탓이라고 생각했다. 자폐 아동을 가졌다는 것은 무척 두려운 일이다. 왜냐하면 엄마를 거부하는 아이에게 어떻게 행동해야 할지 몰랐을 테니까. 아마 나의 거부 행동이 그렇게 특이하지는 않아서 어머니는 그런 걱정을 놓았을 것이다. 하여간 나는 아주 건강했다. 나는 예민하고 똑똑했으며 신체적으로도 잘 발달했다. 어머니에게는 내가 첫아이였기 때문에 나의 이러한 위축과 긴장이 정상적이며 자라는 과정에서 나타나는 자연스러운 현상이라고만 생각했던 것 같다.

몇 해 후에는 자폐 아동들이 보이는 공통적인 행동들, 즉 도는 물체에 대한 집착, 혼자 있기 좋아하는 것, 파괴적인 행동, 울화를 참지 못하거나 언어 표현이 안 되는 현상, 갑자기 들리는 소리에 대한 예민성, 청각 장애인의 행동, 냄새에 대한 지나친 관심들이 나타났다.

나는 파괴적인 아이였다. 나는 집 벽에 그림을 그렸는데, 어쩌다 한 번이 아니라 연필이나 크레용만 쥐면 항상 그렸다. 양탄자에 소변을 누다가 들켰던 적도 있었다. 그 후 나는 양탄자에 소변을 누는 대신 그냥 옷에 누어버리고는 두 다리 사이에 긴 커튼 자락을 끼웠다. 그렇게 하면 옷이 빨리 말라서 어머니가 알아차리지 못할 것이라고 생각했다. 정상 아동들은 찰흙으로 만들기를 하는데, 나는 내 대변을 사용해서 방 곳곳에 작품을 만들었다. 또 퍼즐 조각을 씹어서 그것이 침에 녹으면 바닥에 뱉었다. 나는 매우 격렬한 성미였다. 내가 떼를 부릴 때는 손에 닿는 대로 내던졌다. 박물관에 전시될 정도로 비싼 꽃병을 비롯해서 다른 사람의 대변에 이르기까지. 그리고 어떤 소리에는 전혀 반응을 보이지 않고 어떤 소리에는 격렬한 반응을 보였다.

세 살 때 내가 이웃집의 아이들처럼 행동하지 않는다고 판단한 어머니는 나를 신경과 의사에게 데리고 갔다. 나는 4형제 중 맏이였는데 다른 형제들은 나처럼 행동하지 않았다.

뇌파 검사와 청력 검사 결과는 정상이었다. 림 랜드 체크 리스트에서 20점이 나오면 케너의 증후인 전형적 자폐증이다. 내 점수는 9점이 나왔다. 나의 행동 형태는 분명 자폐적이지만 기초적이고 유아적인데다 최소한 의미 있는 소리를 생후 3년 6개월에는 시작했기 때문에 림 랜드 체크 리스트의 점수가 낮게 나왔다. 그러나 어떤 수준의 자폐증이든 부모나 아동에게 좌절감을 준다. 평가 후 의사는 신체적 결함은 없다고 말하면서 의사소통 장애를 치료하기 위해 언어 치료를 하라고 제안했다.

그 때까지도 나의 의사소통은 일방 통행이었다. 나는 상대방의 말을 이해할 수 있었지만 대답할 수는 없었다. 소리를 지르거나 손을 흔드는 것만이 의사소통 방법이었다. 언어 치료사는 레이놀즈 선생이었는데, 그녀는 지시봉을 사용하는 것 이외는 다 좋았다. 그녀가 사용하는 지시봉을 나는 항상 무서워했는데, 뾰족하고 고약하게 보였다. 나는 집에서 뾰족한 물건을 사람에게 대지 말라는 말을 항상 들었다. 남의 눈을 찌를 수 있기 때문이다. 그런데 레이놀즈 선생이 그것을 나에게 갖다대고 있지 않은가! 나는 두려워서 뒤로 물러섰다. 그녀는 내가 지시봉을 두려워한다는 것을 전혀 알아채지 못했던 것 같다. 나는 내 공포감을 그녀에게 설명할 수 없었다. 이런 부정적인 면이 있으면서도 레이놀즈 선생은 나를 많이 도왔다. 그 언어 치료실에서 나는 처음으로 전화를 받았다. 레이놀즈 선생이 방을 나가는 순간 전화벨이 울렸다. 계속해서 울렸다. 아무도 전화를 받지 않았다. 전화벨 소리가 주는 괴로움은 나의 말 못 하는 장벽을 능가했다. 그래서 나는 방 저편에 있는 전화 수화기를 들고, "여보세요"라고 말했다. 알렉산더 그레이엄 벨의 첫 전화 소리도 그 때 나의 반응만큼 아찔하지는 않았을 것이다.

나는 아주 한정된 어휘를 사용했는데, 볼(공)을 '바' 라고 했다고 한다. 나는 한 낱말, 즉 '얼음', '가다', '내 것', '아니야' 등을 말했다. 어머니에게는 나의 노력과 발전이 기막히게 들렸을 것이다. 기껏해야 콧소리, 우는 소리, 끽끽거리는 소리밖에 못 냈는데, 이렇게 말을 했으니 얼마나 큰 발전으로 보였겠는가!

그러나 말 못 하는 것만이 어머니의 걱정은 아니었다. 내 목소리는 억양과 리듬이 없이 단조로웠다. 그것 하나만으로도 내가 남과 다르다는 것을 알 수 있었다. 나는 내게 언어 장애, 억양 부족의 문제가 있다는 사실을 어른이 되어서야 알아차렸다. 어렸을 때 어머니는 몇 시인가 물은 다음 항상 다시 한 번, "템플, 내 말 듣고 있니? 나 좀 쳐다봐" 하고 말했다. 어느 때는 쳐다보고 싶었지만 차마 쳐다볼 수가 없었다. 많은 자폐 아동의 특징처럼, 흘금거리는 눈은 자폐적 행동의 또 다른 증후다.

또 해야 할 이야기가 있다. 나는 다른 아이들에게 거의 관심이 없었다. 나의 내적 세계를 좋아했기 때문에 몇 시간 동안이나 해변가에 앉아서 손가락 사이로 모래를 흘려 떨어뜨리고 작은 모래성을 만들며 보냈다. 모래알 하나하나가 현미경을 통해서 보는 사물처럼 나를 매혹시켰다. 또 내 손금을 자세히 보며 그것이 지도에 있는 길인 것처럼 상상했다.

빙글빙글 돌리는 것 또한 내가 좋아하는 활동이었다. 방바닥에 앉아서 빙글빙글 돌았고, 그럴 때면 방도 나와 함께 돌았다. 이런 자아 자극 행동은 나로 하여금 사물을 통제하는 강력한 사람처럼 느끼게 했다. 결국 방 전체를 빙글빙글 돌게 만들 수 있었다. 때로는 뒤뜰의 그넷줄을 감고 돌면 세상을 돌게 할 수도 있었다. 감긴 그넷줄이 풀릴 때 하늘을 바라보면 마치 지구가 도는 것 같았다. 일반 아동들도 그네 돌리기를 좋아하지만, 자폐 아동은 돌리는 행위에 집착하는 점에 차이가 있다.

귓속에 신체 균형을 통제하고 시각적 · 평형감각적 자극을 통합하는 장치가 있는데, 신경들이 연결되어 있으므로 한참 빙빙 돈 후에는 안구진탕증으로 눈이 튀어나오는 듯하고 뱃속이 메스꺼워지기 시작한다. 그러면 자폐 아동은 도는 일을 멈춘다. 자폐 아동들에게는 약간의 안구진탕증이 있다. 그들은 자신의 미숙한 신경계를 스스로 고치려는 노력으로 빙빙 도는 행동을 하는 것 같다.

무슨 이유에서든 나는 스스로 빙글빙글 돌고, 동전이나 병마개도 계속 돌렸다. 동전이나 병마개의 회전 운동에 지나치게 사로잡혀 있으면 나는 아무것도 보지 못하고 아무런 소리도 듣지 못하게 된다. 이 때 주위 사람이 투명 인간처럼 보였다. 어떤 소리도 나의 고착된 상태를 뚫고 들어오지 못했다. 나는 귀머거리처럼 돼버렸다. 아무리 크고 갑작스런 소리도 내적 세계에 들어가 있는 나를 놀라게 하지 못했다.

그러나 내가 사람들의 세계로 나와 있을 때는 소리에 아주 민감했다. 매년 여름이면 낸터켓이란 곳에 가족 여름 여행을 갔다.

40~50분 동안 배를 타야 했는데, 나는 그것을 아주 싫어했다. 뱃고동 소리는 어머니와 동생들을 들뜨게 했지만, 내게는 나의 귀와 정신을 괴롭히는 악몽의 소리였기 때문이다.

어머니와 우리 집 가정 교사 크레이 양은 우리에게 갑판으로 나가 앉으라고 했다. "얘들아, 신선한 공기를 마셔라" 하고 어머니가 말하면, "신선한 공기는 너희 볼을 불그스레하게 만들어줄 거다" 하고 가정 교사가 항상 덧붙여 말했다.

신선한 공기를 마시기 위해 우리는 뱃고동 소리가 나는 곳 바로 밑에 앉아야 했는데, 그것이 내게는 문제가 되었다. 그 뱃고동 소리가 울릴 때마다 머리가 빠개지는 듯한 통증 때문에 나는 말할 수 없이 고통스러웠다. 두 손으로 귀를 막았지만 괴롭히는 소리가 너무 지나쳐서 갑판에 벌렁 드러누워 비명을 지르기도 했다.

"불쌍한 템플! 저 애는 배를 못 타겠구나" 하고 어머니가 말했다. 어머니의 순진한 표현에 기가 막혀 입을 다문 가정 교사의 모습이 지금도 눈에 선하다.

크레이 양은 전형적인 노처녀였다. 그녀는 머리를 둥글게 말아올려 고래뼈로 만든 머리핀으로 머리 모양을 고정시켰다. 나는 그 머리핀이 그녀의 머릿속으로 들어갔다고 생각하곤 했다. 항상 앞치마를 두르고 있어서 프랑스 화가 같았다. 그녀는 재주가 많았고 나와 여동생에게 똑같이 관심을 쏟았다. 우리와 게임도 같이했고, 우리를 썰매 타는 곳에 데려가기도 했다. 또한 동생과 함께 방 안에서 행진할 수 있도록 피아노도 쳐주었다.

그러나 그녀는 가벼운 포옹은 중요하게 생각지 않았다. 그래서 벌을 줄 때 외에는 우리와 신체적인 접촉을 하지 않았다. 수년이 지난 지금 가만히 생각해 보면, 그녀는 내가 큰 소리에 괴로워하는 것을 알았던 것 같다. 큰 소리들은 자폐 아동을 놀라게 할 뿐 아니라 강한 불안감을 불러일으킨다.

생일 파티가 이와 같은 상황인데, 많은 소리들이 나를 고문했다. 파티에서 갑작스럽게 불어대는 종이 피리 소리 등은 나를 놀라게 했다. 그럴 경우 나는 언제나 다른 아이를 때리거나 재떨이 등 아무거나 닥치는 대로 집어던지는 반응을 나타냈다.

이런 행동은 자폐 아동들에게 특이한 현상이 아니다. 왜냐하면 그들은 어떤 자극에는 과잉 반응을 나타내는 반면, 또 다른 자극에는 과소 반응을 나타내기 때문이다. 최근 큰 소리에는 무심한 자폐 아동이 셀로판 종이를 구기는 소리에는 격렬한 반응을 보인다는 연구가 나왔다. 이처럼 자극에 대한 과잉 반응이나 과소 반응은 자폐 아동이 들어오는 감각 자극을 통합할 수 없거나 어떤 자극에 관심을 보여야 할지 모르기 때문일 것이다.

보스턴에 있는 데보라 페인과 그의 연구자들은 자폐증 원인에 대해 흥미로운 견해를 발표했다. 즉, '동물들의 유사 자폐 행동은 자폐 아동의 경우처럼 정보의 결핍에서 일어나는 결과다. 왜냐하면 아주 어린 시기에 자폐 아동들은 고차원적 지각, 개념, 언어의 기초를 형성하는 기본적 지각 경험을 박탈당하기 때문' 이라는 것이다. 이것은 또 다른 연구와 일치한다. 동시에 오는 많은 자극들을 자폐 아동들은 잘 구별할 수 없고 복잡한 시각, 청각 자극들 중 어느 하나에만 주목할 수 있다는 것이다. 성인이 된 오늘날에도 복잡한 공항에서 비행기를 기다릴 때, 나는 주위에서 오는 여러 자극들을 단절시키고 조용히 책을 읽을 수 있다. 그러나 공항에서 전화 통화를 할 때는 주변의 시끄러운 소리 때문에 상대방의 이야기에 거의 정신을 집중할 수 없다. 이런 상황은 자폐 아동에게도 마찬가지로 일어난다. 자폐 아동들은 외부의 복잡한 자극을 막기 위해 빙글빙글 돌거나 자학하거나 내적 세계로 도피하는 수단을 선택할 수밖에 없다. 그렇지 않으면 그들은 동시적으로 들어오는 많은 자극들에 압도당한다. 그래서 그들은 울화통을 터뜨리거나 소리를 지르거나 이해할 수 없는 행동들로 그 상황에 반응한다. 자아 자극적인 행동을 해서 흥분한 중추 신경계를 안정시키려고 한다. 연구들에 의하면, 자폐 아동들은 과다하거나 과소한 중추 신경계를 가지고 있다고 한다. 자폐 아동은 자신을 안정시키기 위해 자아 자극적인 행동을 하고, 과잉 행동 아동은 과소한 중추 신경계를 자극하기 위해 과잉 행동을 하는 것이다.

가정 교사 크레이 양은 소리에 대한 나의 고통을 이용했다. 벌을 주는 수단으로 소리를 이용했던 것이다. 점심을 먹을 때 수저를 든 채로 공상을 하고 있으면 크레이 양은 이렇게 말하곤 했다.

"템플, 지금 당장 먹어! 수프를 안 먹으면 종이팩을 귀에 대고 터트릴 거야."

그녀는 종이팩을 냉장고 위에 모아놓고 내가 행동을 옳지 않게 하거나 나만의 세계로 빠져 들어가면 내 얼굴 앞에서 공기를 넣은 종이팩을 터트리곤 했다. 소리에 대한 이런 예민성은 성인 자폐인에게도 항상 있는 일이다. 지금도 갑작스럽게 들리는 시끄러운 소리, 예를 들면 자동차 내연 기관의 폭발음이 나를 펄쩍 뛰게 하고 공포감에 사로잡히게 한다. 오토바이 소리 같은 시끄럽고 높은 음의 소리는 아직도 나에게 큰 고통을 준다.

어린 시절에 '인간의 세계'는 나의 감각기에 너무 많은 자극을 주었다. 평소에도 변화가 생기거나 예기치 못한 행사가 나를 격분시켰는데, 특히 추수감사절이나 크리스마스에는 더욱 그랬다. 그런 날 우리 집은 친척들로 발 디딜 틈이 없었다.

왁자지껄 떠드는 소리, 여러 가지 향수 냄새, 담배 냄새, 축축한 모직 모자나 장갑 냄새, 혼란스러움, 이곳저곳으로 왔다갔다하는 모습, 계속적인 접촉 등이 나를 무척 압도했다. 아주 뚱뚱한 고모는 자신의 유화 페인트를 내가 사용하도록 허락했다. 그 고모는 나를 상당히 아끼고 내게 후했는데 나도 그런 고모를 좋아했다. 그러나 고모가 나를 껴안기만 하면 나는 완전히 빨려 들어가는 기분이 들어서 항상 그것이 두려웠다. 마치 마시멜로 더미에 질식당하는 것 같았다. 고모의 지나친 애정 표현이 내 신경계를 압도했기 때문에 고모를 피했다.

그러나 나는 유아기 5년 동안 죽지 않고 살아남았다. 그 5년 동안 정상적으로 살기보다는 여러 가지 불평과 어려움과 재치를 가지고 살았다. 어머니는 일기에 다음과 같이 썼다.

지루하거나 힘들 때, 템플은 침을 뱉거나 구두를 벗어서 던지며 가끔 혼자 웃곤 했다. 때론 이런 행동들이 어쩔 수 없이 일어나기도 하고 가끔은 흥분을 불러일으키기 위해 의도적으로 하는 것 같다. 템플은 시간이 갈수록 분별력이 줄어들고 충동적으로 이상한 행동을 보인다. 예를 들면 침을 뱉고는 걸레를 가져다 닦는다. 침을 뱉어서는 안 된다는 것을 알지만 그 충동을 이겨낼 수 없다는 듯이……. 가끔 종이와 연필을 가지고 와서 그림을 그려달라고 한다. 아침에는 "나에게 그림을 하나 그려줘" 하는 나의 말에 잘 따른다. 그러나 저녁 때에 똑같은 요구를 하면 화를 내면서 연필을 내팽개쳐버린다. 그러고는 부러진 연필을 집어들고 울면서, "뿌러, 뿌러(부러졌다)" 한다. 템플은 연필을 던지면 부러질 것을 알지만 화풀이로 던지는 충동은 참을 수 없었다.

템플의 분별력은 아주 약했다. 그 약한 분별력을 넘어서면 템플의 반응은 아주 기괴해지고, 피로하거나 좌절하는 수준에 따라 달라지고 증가한다. 그럼에도 불구하고 템플의 이상한 행동이 사람들을 당황하게 하는 것을 알면 본인이 재미있어서 한 것처럼, 혹은 극적인 상황을 창조하려 한 것처럼 가장한다.

나의 귀여운 딸 "……템플은 상태가 좋은 때는 아주 좋고 나쁠 때는 매우 무섭다." 이렇게 말할 수밖에 없는 것은 템플은 상태가 아주 좋지 않은 날에도 영리하고 많은 것에 흥미를 느끼기 때문이다. 템플은 내게 재미있는 좋은 동반자다.

어머니는 행동 문제 아동을 위한 진단 체크 리스트를 채워넣었다. 어머니가 체크 리스트에 표시한 것에 의하면 나는 전형적인 자폐 특성들을 보였다.

초등학교 시절

다섯 살 때 나는 유치원에 다녔다. 이 시절은 정서적으로 혼란스러웠다. 어머니는 학교에 가면 친구를 사귀고 새로운 것들을 배울 수 있어서 재미있을 거라고 자주 말씀하셨다. 그러나 학교가 재미있는 곳처럼 보이기도 했지만 내겐 두려움이 더 컸다. 새로운 환경이 나를 화나게 했고 사회적 인간 관계에는 전혀 무관심했다. 다행히도 나는 자신이 다른 아이들과 다르다는 것을 느끼지 못했다. 내 말투는 다른 아이들과는 매우 달랐고, 구체적이지 못했다. 나는 자주 나만의 내적 세계로 숨어들어갔고, 때로는 아주 충동적이고 괴상한 행동을 해서 나 자신도 놀라지 않을 수 없었다.

나는 정상 아동들이 다니는 작은 사립 학교에 다녔다.

어머니는 내 문제점들을 학교 교사들에게 알려주었다. 학교 생활을 시작하는 첫날에 나는 집에 있었다. 교사들이 학생들에게 나의 특이한 점을 설명할 기회를 주기 위해서였다. 담임 교사인 클라크 부인은 새치가 많은 짧은 머리에 유령처럼 하얀 얼굴을 하고 있었다. 그녀가 입은 드레스는 목 부분이 높아서 턱에 닿았고 안경은 늘 코에 걸쳐 있었다. 그녀의 향수는 너무 진해서 가까이 접근할 적마다 뱃속이 뒤집힐 듯이 울렁거렸다.

하루는 클라크 선생이 글자의 발음을 연습시킨 후 우리에게 그림이 들어 있는 연습 책을 주었다. 그 책에는 상자box, 여행 가방suitcase, 새의 목욕bird bath, 의자chair, 전화telephone, 자전거bicycle 그림들이 들어 있었다. 그녀는 그림들 중 'b' 소리로 시작하는 그림에 표시를 하라고 했다.

나는 여행 가방을 상자라고 생각하여 그것을 표시했고, 새와 새 목욕하는 그림은 제쳐놓았다. 그것들은 정원garden에서 살기 때문에 그 단어들이 'g' 소리로 시작하는 줄 알았다. 그러나 왜 그렇게 표시했는지 클라크 선생에게 설명할 만큼 나는 말을 잘하지 못했다. 'b' 소리가 무엇인지 나는 알고 있었고, 또 내가 표시한 그림에는 논리적 이유가 충분히 있었다. 절망감으로 나는 화가 났고 화난 감정을 억제하기 위해 발을 구르며 차고 싶을 뿐이었다. 새의 목욕이 정원 안에서 일어나는 것이 분명하므로 'g' 소리와 연결했고, 여행 가방이 상자와 같은 모양이라고 생각했기 때문에 'b' 와 연결했다고 클라크 선생에게 설명해줘도 그녀는 나의 논리나 이유를 받아들이지 못했을 것이다. 그것은 내 사고가 옳고 그름이 분명한 흑백논리의 교수법과 맞지 않았기 때문이다.

학교에서 일어나는 또 다른 문제는 음악의 리듬을 배우는 것이었다. 클라크 선생이 피아노를 치면 우리는 빙 둘러앉아서 노래를 불렀다. "여러분! 이 음악 소리를 듣고 박자를 생각해봐요" 하고 말하면서 피아노 건반을 눌렀다. "음악에 맞추어 손뼉을 쳐봐요" 하고 말할 때 나는 따라할 수가 없었다. 반 학생 전체가 따라서 하는데 내 두 손은 서로 떨어져 있었다.

"템플! 주의 집중하세요."

클라크 선생이 다시 피아노를 쳤다. 또다시 나는 손뼉을 치지 못했다. "왜 그렇게 하니? 넌 모든 학생들을 방해하고 싶니?" 하고 클라크 선생이 외쳤다.

물론 그 시간을 망치고 싶지는 않았다. 그러나 나는 음악을 들을 수 없었고, 동시에 음악에 맞추어 손뼉을 칠 수가 없었다.

클라크 선생이 노래를 다시 시작했을 때 또 손뼉을 치

지 못하자 그녀는, "다른 학생들과 같이하지 못하면 손을 무릎에 놓고 있어요" 하고 말했다. 그녀의 말투는 나를 너무 화나게 했다. 물론 그 때 모든 학생들이 와르르 웃었다. 나는 화가 나서 의자에서 벌떡 일어나 의자를 발로 차서 넘어지게 했다. 클라크 선생은 급히 다가와 내 어깨를 꽉 잡고 구석으로 나를 끌고 갔다. 그 곳에서 나는 손뼉 치는 일이 끝날 때까지 서 있었다. 어른이 된 지금도 음악회에 갈 경우, 손뼉을 쉽게 치지 못하고 옆에 있는 청중을 보고 따라하는데, 다른 사람과 맞춰서 하기는 아직도 어렵다.

이런 일은 자폐 아동들에게 흔히 있다. 그들은 두 운동 근육을 동시에 사용하는 일이 불가능하다. 연구에 의하면, 자폐인들은 신체 운동을 할 때 좌 · 우 연관 동작이 지연된다고 한다. 모든 신체 부분들을 동시에 움직이는 일은 엄청나게 어려운 일이다.

리듬을 잘 따라가지 못하는 문제는 작문에서도 나타났다. 5학년 때 쓴 시를 보면 알 수 있다.

암흑 시대

무서운 흉노족의 침입으로
튜트론(튜턴) 인들은 엄처난(엄청난) 고생을 했다.
흉노족은 창이 비 오듯 쳐들어왔고
성채에서는 한 영웅이 타났다(나타났다).
튜트론 인들은 어느 정도 힘을 모으자
므서운(무서운) 흉노족을 몰아냈다.

이것이 바로 암흑 시대다.
하지만 스도승(수도승)들은 많은 책을 읽었다.
그러나 스도승 한 명은 앉아서 음식을 만든다.
스도승들은 새 스도원(수도원)을 세우기로 결정했다.
일군(일꾼)들은 힘들이지 않고 건물을 지었다.
그러나 스도승 한 명은 앉아서 안두콩(완두콩)을 먹는다.

스도원의 방들은 무척 작다.
그러나 아무리 키가 커도 스도승들은 피난(편안)하다.
그들은 자신이 잠잘 곳을 가졌고,
그들은 모두 식당에서 밥을 먹는다.
스도승이니까 겸손해야겠지만,

그들은 모두 친절하고 가난한 사람을 돕는다.

스도승 한 명이 아주 가난한 사람을 차잤다(찾았다).
그리고 그릇에 물을 떠서 그 사람에게 주었다.
스도승은 그 가난한 사람을 스도원으로 데려왔다.
그(그리고) 아주 많은 음식을 그 사람에게 주었다.
그 가난한 사람은 너무너무 행복했고,
그 사람 자신도 스도승이 되었다.

클라크 선생은 내가 쓴 시에 대해 다음과 같이 써놓았다. "템플, 이 시는 서사적으로는 잘 되었어요. 그러나 시로서의 리듬이 없어요. 네가 가진 능력으로 볼 때 좀더 노력해야겠어요." 나는 최대한 노력했지만 감정이나 생각을 리듬 있게 표현할 수 없었다. 정말 나로서는 어쩔 수가 없었다.

초등학교 2학년 무렵부터 내 몸을 강하게 혹은 기분 좋게 압박하여 자극할 도구를 꿈꾸기 시작했다. 내가 상상하는 이 신비한 기계가 어머니가 껴안는 것을 대신할 수는 없지만, 어느 때나 나를 위로할 수 있을 것이다.

어른이 된 지금 생각해 보면, 장애가 있는 촉각 자극 신경계를 만족시킬 수단을 추구한 것이 바로 그 신비한 기계에 대한 열망이었던 것 같다. 세 살에서 열 살까지 우리 남매들을 길러준 가정 교사는 우리들을 결코 껴안아 주지 않았다. 그래서인지 껴안아 주거나 쓰다듬어 주는 부드러운 접촉을 원했다. 안기거나 사랑 받기를 가슴 아플 정도로 원했다. 이런 소망이 있었는데도 아주 뚱뚱한 고모가 껴안는 것은 나를 질식시켰다. 고모의 사랑 표현이나 껴안는 행동은 마치 큰 고래가 나를 삼키는 것 같았다. 담임 선생님과의 접촉도 나를 위축시켰다. 접촉을 원하는데 그것을 받아들일 수 없으니 위축될 수밖에 없었다. 나의 신경 장애가 그렇게 만든 것이다. 그것은 자동 유리문이 사랑과 인간 이해의 세계로부터 나를 분리시킨 것과 흡사하다. 접촉의 기쁨을 가르치면서 질식할 듯한 기분에서 오는 공포를 잘 조화시킬 수 있어야 한다. 열 살 때 촉각적 방어 검사에서 15점 중 9점을 받았다. 촉각적 방어 행동과 감각 과민성은 서로 유사하다. 나는 모직옷 입기를 아주 어려워했다. 그러나 목이 올라온 셔츠가 주는 압박이나 꽉 죄는 것은 기분 좋았다. 치마 잠옷은 다리의 맨살을 서로 맞닿게 하므로 기분이 좋지 않았다. 어른이 된 지금도 의사가 눈 검사를 하거나 귓밥을 제거하는 작업을 할 때 가만히 앉아 있기가 힘들다.

나뿐만 아니라 다른 자폐 아동들이 갖는 촉각 자극 문제는 이겨낼 수 없는 상황이다. 인간의 신체는 서로의 접촉을 요구하는 것이 정상인데, 자폐인들은 접촉이 이뤄지면 고통이나 혼란 때문에 위축된다. 내가 악수를 하거나 상대방을 직접 쳐다볼 수 있게 된 것은 20세 중반부터였다.

그러나 어린아이였던 나는 신비한 도구가 없었기에 담요를 두르고 소파 밑에 들어가 나 자신의 촉각 자극을 만족시키려 했다. 밤에는 담요나 이불을 둘둘 말고 잤다. 때로는 상자로 몸을 둘러싸고는 거기서 오는 압력이나 눌림을 즐겼다.

이러한 촉각 자극 요구는 자폐 아동들에게만 국한된 것이 아니다. 보호 시설 기관에서 자란 어린이들이 어른의 포옹이나 촉각 운동 자극의 혜택을 받지 못한 경우에는 살아남지 못했다는 연구 결과가 발표되었다. 어머니의 접촉을 받지 못한 어린 원숭이는 헝겊으로 싸놓은 나무통에 매달려 '접촉 위로'를 받는다.

촉각 자극 결핍은 과잉 행동, 자폐 행동, 공격, 횡포를 초래한다고 한다. 부정적인 접촉은 무無접촉보다 좋다고 한다. 폭력은 오감의 부적절한 자극에서 온다고 전제하는 연구도 있다. 부적절한 감각 기능 때문에 부가적인 촉각 자극이 필요하다는 것이다.

그들에게는 촉각 · 미각 · 후각 자극이 청각이나 시각 자극보다 더 많이 필요하다. 신경계 발달의 경우 몸 중심에서 가까운 감각들, 즉 촉각 · 미각 · 후각이 먼저 발달한다. 조류나 포유류도 촉각이 먼저 발달한다. 이 사실은 미발달 신경계를 지닌 아동들이 왜 몸 중심에서 가까운 감각들을 좋아하는지 설명해 준다.

중요한 사실은 아동기에 자극을 충분히 받아야 하고, 그 자극이 어디에서 오는지 알아야 한다는 것이다. 그래야 아동 스스로 어떤 행동이 고통스런 자극을 유도하고, 어떤 행동이 즐거운 자극을 초래하는지를 알게 된다.

부정적 자극이든 긍정적 자극이든 내가 참을 수 있는 자극의 형태와 정도를 알았으면 하는 생각이 들었다. 나는 그 때 갈등 상황에 놓여 있었다. 촉각적 방어를 이겨내기 위해 촉각적 자극이 필요했는데, 나는 항상 그것 때문에 위축되었다. 포옹을 받지 못한 유아는 성장한 뒤에도 다른 사람의 신체 접촉을 꺼린다.

내가 더 이상 담요로 내 몸을 돌돌 말거나 부드러운 베개 밑으로 기어들어가는 단계를 지났을 때, 기분 좋은 자극을 대신해줄 수단을 생각하기 시작했다. 마침내 어떤 기계를 생각해냈다. 나는 어려서부터 기계적인 것을 좋아했다. 내가 처음 꿈꾸었던 '기계'는 몸에 압력을 줄 수 있는 풍선 옷이었다. 이런 생각은 수영장에서 사용하는 비닐 튜브를 보고 얻게 되었다. 실제로 나는 바람이 들어가 있는 많은 장난감들을 자르곤 했다. 작은 조각으로 자른 장난감을 가지고 노는 것도 좋았다. 가지고 놀면서 소매를 만들어 셔츠처럼 입어 보곤 했다.

초등학교 3학년 때 생각해낸 위로 기구는 전에 생각한 것과는 조금 다른 것이었다. 이번에 고안해낸 것은 관棺 비슷한 상자였다. 관 속으로 기어들어가는 것을 상상했다. 내가 안에 들어가 누운 다음 관 안쪽에 붙어 있는 비닐 튜브에 바람을 불어서 팽팽하게 하면, 그것이 나를 부드럽게 압박할 것이라고 상상했다. 내 상상에서 가장 중요한 점은 이 모든 기계의 압박량을 내가 직접 조절한다는 것이었다.

초등학교 때 생각해낸 또 한 가지 아이디어는 가로 세로 1미터 정도의 상자를 만드는 일이었다. 이것은 내가 들어갈 수 있을 만한 크기에 문도 닫을 수 있는 것이었다. 나는 압력 장치와 함께 이 상자 속을 따뜻하게 하는 장치를 만들려 했다. 최근에 발표된 연구 결과에 의하면, 어떤 자극이나 자극적인 행동이 자폐 아동에게 발생하는 이상한 충동을 감소시킨다고 한다. 따뜻함과 압박이 이러한 충동을 감소시키며, 특히 장애가 있는 신경계에서 유래하는 충동을 줄일 수 있다는 것이다. 마술의 위로 기구를 가졌다면 과격하게 화를 내는 행동 대신에 기계의 압력과 따뜻함을 취할 것이다. 나는 내가 상상한 기계를 고안하는 일에 항상 집착해 있었고, 그것들을 고치거나 바꾸는 데 많은 시간을 보냈다.

초등학교 4학년 때 내가 어떤 한 가지에 집착하는 바람에 식구들은 거의 미칠 지경이 되었다. 나는 끊임없이 선거 후보자 광고판, 선전물, 차에 붙이는 스티커 등에 집착해서 그것들만 얘기했다. 그 해 주지사 선거에 온통 정신이 쏠려 있었다. 나와 내 친구 엘러너 그리핀은 전신주에 붙어 있는 두 명의 선거 후보자 포스터를 뜯어내는 데 오후 시간을 다 보냈다. 우리는 그것을 내 방에 걸어놓으려 했던 것이다. 내가 자전거 위에서 까치발을 하고 서서 포스터를 떼어내는 동안 엘러너는 내 자전거를 잡아 주었다.

또한 같은 질문을 끊임없이 하는 일과 똑같은 답을 계속 듣는 것에 기쁨을 느꼈다. 어떤 주제가 나의 호기심을 자극하면, 그 주제에 온통 몰두해서 지칠 때까지 그 이야기를 했다. 그래서 사람들은 나를 '떠버리 상자'라고 불렀다.

부분적으로 회복되거나 완전히 회복된 자폐 아동들의 경우에도 한 주제에 집착해 같은 질문을 반복하는 것을 관찰할 수 있다. 나는 자기 전에 침대에서 끊임없이 큰 소리로 혼자 이야기하곤 했다. 한 가지 사실만 생각하는 것으로는 충분하지 않았다. 나에게는 이 사실을 큰 소리로 이야기해야만 사실적으로 부각되었다. 내 공상 이야기의 주인공은 비스밴이었는데, 그는 어린이 만화 영화의 등장 인물이었다. 비스밴의 좋은 점은 모든 사물들을 통제할 수 있는 것이었다. 나도 그렇게 하고 싶었고, 비스밴은 나의 대변자였다. 비스밴은 냉장고의 불빛, 온도계, 창문에 달려 있는 블라인드를 마음대로 움직였다. 비스밴은 가지고 있는 줄만 움직이면 무슨 일이든 일어나게 했다. 그런데 내 속에 있는 비스밴은 나쁘기도 했다. 아버지 구두끈을 한데 묶어놓거나 소금을 설탕 병에 넣거나 변기 덮개와 앉는 자리를 붙여놓는 일들을 했다. 이런 일은 나를 즐겁게 했으며, 때로는 나 혼자 비스밴 이야기를 큰 소리로 떠들어대면서 웃곤 했다.

열한 살이 되었을 때 공상 인물 하나가 더 늘었다. 그것은 알프레드 코스텔로였다. 알프레드는 우리 학급에 있는 실제 인물인데, 나를 항상 놀렸다. 내가 말할 때마다 놀리고 복도를 걸어가면 발로 걷어차면서 나를 '바보' 혹은 '괴짜' 라고 부르곤 했다. 그는 문제아로 학급의 웃음거리였으며 선생님의 두통거리였다. 출석부 속에 뱀을 갖다넣거나 선생님의 책상 서랍에 쥐를 숨겨놓는가 하면, 선생님에게 주는 사과 속에 벌레를 넣었다. 알프레드는 현실에서는 괴짜였고 나의 공상에서는 나쁜 아이였다. 나의 공상 속에서 그는 학교 운동장에 쓰레기를 버리거나 선생님들에게 혀를 내미는 학생이었다. 나는 이런 이야기를 혼자 크게 떠벌이면서 웃곤 했다. 상상 속에서 그가 잘못한 일로 붙잡히면 재미있어 웃고 또 웃었다.

쓸데없는 웃음, 끊임없는 질문과 대답, 혹은 한 주제에 집착해 있는 행동들이 자폐 아동들이 지니는 일반적인 특징들이다. 이런 집착들이 신경계 발작을 줄이고 나를 안정시켰다. 전문가들이 말하기를, 자폐인들이 너무 오랫동안 이런 집착에 매달려 있으면 나쁜 결과가 온다고 한다. 그러나 나는 모든 경우들이 다 그렇다고 생각지 않는다. 집착을 건설적인 방향으로 이끌 수도 있다. 집착을 제거하려는 것은 때로는 지혜롭지 못할 수 있다. 하나의 나쁜 버릇이 없어지는 것이 아니라, 다른 나쁜 버릇으로 대치되는데 이것도 집착이다. 고착성을 긍정적인 방향으로 바꾸는 일은 보람 있다. 특정한 주제에 대한 고착성은 오히려 의사소통을 불러일으킬 수 있다. 아마 한정된 의사소통이겠지만 의사소통의 장벽을 뚫는 계기가 된다. 적절하게 지도하면 고착성을 자폐 아동의 동기 유발체로 이용할 수 있다. 충동적으로 말하는 고착성은 자폐 아동이 항상 가지고 있는 고립감과 좌절감을 해소할 수 있게 한다.

자폐 아동의 좌절은 학습의 여러 면에서도 나타난다. 나는 4학년 때 마지막으로 글쓰기상을 받았는데, 그 상은 학생들에게 큰 인기가 있었다. 글씨를 잘 쓰면 '명필가'라 불리고 색연필 한 다스를 받았기 때문이다. 나는 '타이틀'에는 별 관심이 없었지만 색연필을 받고 싶었다. 이것을 얻기 위해 무척 노력했고, 나는 학생으로서의 마지막 자격을 갖춘 셈이었다. 또 내겐 수학이 어려운 분야였다. 따라갈 수가 없었다. 한 개념을 이해할 만하면 교사는 다른 수학 개념을 가르치곤 했다. 수학 공부를 하기가 더욱 어려웠던 이유는, 교사가 영국 사람이었는데 수학 문제를 만년필로 풀게 하고 더하기 빼기 부호를 아주 정확히 써야 했기 때문이다. 수학 개념도 이해하기 어려운 내가 정교하게 문제를 적는 것까지 신경을 써야 했으니 수학은 내게 너무 벅찬 과목이었다. 아무리 열심히 노력해도 내 공책은 잉크 투성이였다.

내가 잘하는 과목은 읽기였다. 방과 후 어머니가 매일 읽기 지도를 했다. 어머니의 노력으로 읽기는 학년 수준 이상이었다. 어머니는 두 가지 일을 이뤄내셨다. 큰 소리로 읽게 하여 읽는 기술을 높이고, 나에게 어른이 마시는 차를 주어 나를 어른으로 취급했다. 지금 생각해 보면 그 차는 뜨거운 레몬차였는데, 그 때는 주로 어른들만 마셨다. 그러니까 교육적으로 도움을 주면서 나의 자긍심도 높여주셨던 것이다.

학교 가는 것을 즐겁게 해준 과목은 미술이었다. 이 시간에 카드 보드를 가지고 무언가를 만들고 풀칠이나 페인트칠을 하게 했다. 어려서부터 나는 만드는 일을 좋아했다. 그러나 당시 나의 머릿속에서는 전체적인 예술 면이나 체계적 언어 면에 관심을 두지 않았다. 그러나 분명한 것은 내가 미술 중심의 교과 학습에 흥미롭게 참여했다는 점이다. 4학년 때 나와 내 친구 엘러너만이 목공예 시간을 택하도록 허락 받았다. 내가 만든 모형 배와 식물 받침대를 좋아했고 그것이 무척 자랑스러웠다. 끝으로 전통 요리 시간을 택했는데, 그 시간에 나는 다시 실패자가 되었다.

프랑스어 교사에게 나는 절대적인 공포 대상이었고, 그 수업 시간에 추방당했다. 내가 프랑스어로 "조리 양, 입 닥쳐"라고 말했기 때문이다. 프랑스어 교사가 재봉도 가르쳤는데, 그녀는 내가 왜 재봉 시간에는 제대로 행동하는지 이해하지 못했다. 그러나 그것은 단순하다. 재봉 시간에는 수를 놓거나 무엇인가를 만들어내기 때문이다.

연구에 의하면, 천재적인 어린이들은 유동적 지능이나 비언어적 사고 면에서 높은 점수를 보이는 반면, 사전 훈련이나 교육을 요구하는 고정적 지능에서는 낮은 점수를 보인다. 고정적 지능은 문제 해결에 언어적 매개체, 음성 유추, 그리고 논리 단계를 사용한다. 그리고 지식의 단순한 암기로 가치를 매기는 전통적 교육 체계에서 높은 평가를 받는다. 따라서 천재 아동들은 이런 전통적 교육 구조에 잘 맞지 않는다. 또 다른 연구에 의하면, 많은 정보를 처리하는 능력을 지닌 사람들은 보통 사람들이 거의 보지 못하는 형태를 보는 능력이 있다고 한다. 이런 독특한 기술을 복잡한 문제 해결에 사용하는 것을 볼 수 있다. 일반적으로 이런 재능을 가진 사람들에게 이름을 잘못 붙이기 십상이다. 때로는 그들을 이방인처럼 대하기도 한다. 이것은 천재 아동들이 남과 다르거나 망나니여서가 아니라 그들이 '남과 다른 흐름'을 가진 탓이다.

손이나 상상력으로 뭔가를 창작할 때에만 나는 기쁨을 느꼈다. 예를 들면 4학년 역사 시간에 있었던 원시인이 사용한 도구들을 만드는 과제가 그런 것이다. 이 도구들을 만들 때에는 풀이나 현대적 재료를 사용하지 못하도록 되어 있었다. 바로 이러한 과제들이 나에게 적합한 것이었다. 엘러너와 나는 창을 만들기 위해 돌을 한나절 내내 갈고, 담쟁이덩굴을 사용해서 그것을 나무에 묶었다. 다른 학습 과제는 박물관에 가서 이집트 전시물 중 미라를 보는 일이었다. 너무 황홀했고 시각적으로 큰 감명을 받은 나는 이러한 감정을 가족들에게 자세하게 표현하려 했다. 그러나 역사를 단지 책으로 배울 때에는 너무 지루한 나머지 한쪽 구석에서 내가 항상 꿈꾸던 마술의 안락 상자를 상상했다. 그것은 나를 따뜻하고 사랑스런 팔로 껴안아줄 상자였다.

초등학교 시절에 나는 충동적이고 돌발적인 행동, 화를 잘 내는 성격, 가장 나쁜 성적 등을 가진 아이로 알려진 반면, 독특하고 창조적 능력을 가진 아이로도 알려졌다.

학교에서 하는 동물 쇼를 위해 동물을 데려오라고 했을 때 나는 나를 가지고 갔다. 어머니는 우리 집 개를 학교에 하루 종일 묶어놓는 것에 반대하셨고 결국 나는 스스로 개 옷을 입고 분장을 했다. 나는 하루 종일 짖고 앉고 누으며 개 행세를 했다. 그런 행동이 대성공을 거둬서 상까지 탔다. 다음 해에는 장난감 쇼가 있었다. 그 때에도 내가 장난감이 되어 참가했고, 이런 아이디어들이 학생들에게 인기가 있었다.

좋은 것이든 나쁜 것이든 나의 창조적인 생각들이 크리스털 스위프트를 나와 비슷한 사람으로 만들었다. 우리는 그네를 타고 빙글빙글 돌기도 하고 단어 연상 게임도 하면서 놀았다. 단어들은 '젤로' 하면 '라임', 그 다음 '그레비' 등 끊임없이 연결되었다. 아무도 이런 것을 재밌게 여기지 않았다. 다른 사람들은 내 말을 이해하기 어려웠지만 크리스털은 그렇지 않았다. 같은 반 학생이 크리스털에게 왜 괴상한 템플과 같이 노느냐고 물었을 때, 그는 "템플은 지루하지 않아서지" 하고 대답했다.

초등학교 내내 친구였던 엘러너는 착하고 올바른 행동을 하는 아이였다. 어느 날 한 아이가 내 말을 따라하고 때리는 시늉을 해서 나를 무척 화나게 만들었다. 나는 교실에 누운 채 곁에 오는 사람을 발로 차기 시작했다. 그 광경을 본 엘러너는 공포에 질렸다. 그런 일이 있은 뒤에도 그는 내 친구가 되어 선생님들이나 나를 놀리는 아이로부터 보호해 주었다. 내가 〈미국, 아름다워라〉라는 노래를 앞에 나가 불렀을 때 어느 누구보다 크게 박수를 쳐준 아이도 엘러너였다.

5학년 때 3학년 선생님을 도와서 학교 연극 공연에 필요한 출연자들의 옷을 만들기도 했다. 이 일은 아주 즐거웠고, 또 잘해냈다. 나는 이렇게 무엇을 만들거나 창조하고 상상하는 일이 즐거웠다. 학교에서 숨바꼭질을 자주 하며 놀았는데 나는 그런 놀이도 창작을 하고 바꾸려 했다. 축구를 할 때 골키퍼를 속이기 위해 코트를 벗어 그 안에 나무 잎사귀를 꽉 채워넣고 골키퍼가 볼 수 있는 곳에 놓았다. 골키퍼가 나의 허수아비를 만지러 가는 사이에 빨리 골문으로 가서 공을 집어넣곤 했다. 일하는 방식도 늘 새롭게 하려고 노력했다.

나는 나쁜 짓도 독특하고 창조적으로 했다. 어느 날 친구 수 하트를 찾아가 마당에 쌓아놓은 짚단 위에 앉아서 놀았다. 우리는 짚단 위에서 4학년 담당인 맥도널 선생의 정원을 바라보았다. 그 때 수가 "너는 아마 공을 던져 선생님 집 정원에 있는 새 목욕탕을 못 맞힐 걸" 하고 말했다. 그 말이 끝나자마자 나는 공을 집어들고는 힘껏 던져 목표물을 맞혔다. 우리가 앉아 있는 짚단 위에는 빈 병들이 많이 널려 있었다. 수가 그 병들을 보면서 "왜 위스키 병을 던지지 않니?" 하고 물었다. 아이러니하게도 나의 괴상한 행동을 부추겼던 수는 현재 정부의 고위 관리로 일하고 있다.

그러자 나는 병을 새 목욕탕에 던져 깨버렸다. 이어서 짚단 위에 놓여 있던 모든 병을 그 집의 굴뚝, 옆길, 정원에 던졌다. 그 집 정원에는 깨진 유리 조각들이 즐비했다.

다음 날 맥도널 선생님은 학생들에게 어제 일어났던 일을 이야기했다. 나는 들키지 않으려고 그 선생님 옆에 앉아 점심을 먹으면서, "선생님, 어제 일어났던 일은 참 안됐군요" 했다.

"템플, 고맙다" 하고 선생님이 웃으며 대답했다. 한 번

더 선생님을 똑바로 바라보며 누가 그랬는지 모르겠지만 수 집에 갔을 때 로버트 루이스와 버트가 맥도널 선생님 집 주위에 있는 것을 보았다고 말했다. 맥도널 선생님은 "얘기해 줘서 고맙다. 너는 친절하고 생각이 깊은 애구나" 하면서 일어나더니 로버트와 버트가 있는 테이블로 갔다. 잠시 후 그 아이들이 맥도널 선생님과 함께 교장실로 가는 것이 보였다. 나는 두 남자아이들을 골탕먹인 것에 미안함을 느끼지 않았다. 그들 역시 그 곳에 있었다면 우리처럼 행동했을 거라고 생각했다. 뿐만 아니라 그들은 항상 나를 괴롭히고 놀리는 아이들이었다. 성인이 되어 생각해 보니 그들에게 아주 못된 짓을 했던 것 같다. 그러나 자폐 아동인 나는 몸으로나 말로는 싸울 수 없었기 때문에 그러한 행동이 마치 정당한 이유가 되는 것 같았다.

어느 날 사촌 피터 내시에게 놀러 갔다. 그는 창고 하나를 불태운 적이 있었다. 우리 둘은 그의 집 현관에 앉아서 이야기를 나눴다. 피터가 먼저 "재미없는 이웃들이야" 하고 말했다. "그들이 우리 아버지에게 내가 노상 자기네 잔디밭을 밟고 다닌다고 얘기했지. 젠장 고자질쟁이!"

나는 동조하는 뜻으로 고개를 끄덕거렸다.

"그래서 친구 집에 가려면 길을 빙 돌아가야 해." 피터가 그 이웃의 잔디밭을 보면서 "한번 뭔가 보여줘야겠어" 하고 말했다.

이 때 내 머릿속에 한 가지 생각이 떠올랐다. "그 잔디를 망치면 돼. 잔디밭에 쓰레기를 늘어놓고 잔디를 뒤엎어버리자."

피터가 몸을 세우며 "그래 좋은 생각이야" 하고 맞장구를 치더니 다시 몸을 지그시 뒤로 젖히며 "비난받기 싫은데" 하고 말했다.

내가 웃으며 말했다. "누구 탓으로 할까? 개가 했다고 하자." 우리 둘은 장난을 시작했고 들키지 않고 잔디밭을 뒤엎어놓았다.

그러나 주말에 운동화를 신고 교회에 갔을 때 아버지에게 들키고 말았다. 아버지는 내게 호통을 쳤다. 나는 교회 밖으로 재빨리 달려나왔다. 아버지가 뒤쫓아와서 나를 주유소와 철조망 사이 구석으로 몰아넣었다. 아버지는 성질이 급한 분이었다. 캘리포니아 대학 연구에 의하면, 그 집안에 흐르는 유전적 특성들이 자폐인들에게 나타난다고 한다. 열성 인자인 파란 눈의 특성처럼, 급한 성격, 잦은 분노 등의 자폐적 특성들도 각 세대로 전해진다. 아버지도 나처럼 신경질적이고 때로는 한 주제에 집착하는 경향이 있다.

어른이 되어서 나는 불안을 통제하는 법을 배웠다. 통제법은 단순하다. 부아가 나지 않도록 하면 된다. 다른 사람과 언쟁하지 않고 어려운 상황이 되면 돌아서서 그 자리를 뜬다. 내가 부아를 내는 바람에 아끼는 물건, 친구, 가족들이 파괴당하는 것을 보았다. 중학교에서는 나의 부아 때문에 아주 큰 문제가 일어나곤 했다.

새로운 걱정들

학년 말이 되자 부모님은 여름 캠프가 나에게 유익할 것이라고 생각했다. 그래서 부모님은 나를 이해할 수 있는 직원이 있는 캠프를 선택했다.

어머니가 "템플, 여름 캠프에 갈래?" 하고 물었다.

나는 대답하지 않았다. 한편으로는 우리 학교의 많은 학생들이 캠프에 가는 것을 보면서 나도 무척 가고 싶었다. 그러나 다른 한편으로는 주저했다. 다양한 사람을 만나야 하고 낯선 환경에서 색다른 경험과 변화를 겪어야 한다는 것이 나에게는 그리 쉬운 일이 아니었다.

"캠프에 가면 만들기는 물론이고, 등산도 하고 배도 타고 수영도 할 수 있어. 재미있는 일이 많이 있단다."

어머니는 내게 여러 번 캠프에 대해 이야기했다.

여름 방학이 시작되자마자 어머니는 나를 캠프에 데리고 갔다. 캠프장은 케이프 코드에 있는 매사추세츠 해변가 근처였다. 캠프장으로 가는 내내 그 곳에서 할 활동, 만날 사람들, 장소에 대해서 질문을 하면서 끊임없이 이야기를 했다.

"템플, 너도 잘 알고 있지 않니? 팜플렛의 사진을 기억하고 있지? 수영을 하는 아이들도 있고 배를 타는 아이들도 있던 사진 말이야." 어머니는 말하면서 미소를 지었다.

"그런데 나는 어디서 잠을 자지요?"

어머니는 웃었다. "캐빈 그림을 보았잖니? 일곱 명의 아이들과 같이 캐빈에서 자는 거야. 그 곳에는 상담 선생님이 한 분 계신단다. 기억나니?"

"네, 그러면 내가 있을 캐빈이 어느 것인지 어떻게 알 수 있죠?"

"그 곳에 있는 누군가가 알려줄 거다. 너는 그 곳에서 새 친구들을 만나고 새로운 모험도 하면서 즐거운 여름을 지내게 될 거다."

어머니가 뿌옇게 먼지가 이는 주차장에 차를 세웠을 때, 젊은 여 선생이 우리를 만나려고 급히 내려왔다. 나는 어디론가 숨고 싶었다. 그 곳의 캐빈들은 팜플렛에서 보았던 것보다 훨씬 더 크게 보였고 그 주위에는 많은 사람들이 뛰어다니며 소리를 지르거나 웃고 있었다.

"스와니 캠프장에 온 것을 축하합니다." 그녀는 인사를 하며 내가 앉아 있는 쪽의 차 문을 열어 주었다.

"네가 바로 템플 그랜딘이구나, 그렇지? 나는 낸 아맨인데 네가 있을 캐빈의 상담 선생이다."

나는 차 바닥만 내려다보며 꼼짝달싹도 하지 않았다.

"템플, 차 밖으로 나와서 선생님하고 이야기 좀 해라." 어머니는 선생님 옆에 서서 말했다.

밖은 뜨거웠지만 내 몸 속은 얼음장처럼 차가웠다. 나는 천천히 차 밖으로 나왔다. 잠시 후에 그 상담 선생은 캐빈으로 우리를 인도하여 내가 사용할 침대와 옷을 넣을 옷장을 보여주었다. 엄마가 떠날 때 나는 수영복을 갈아입기에 바빠서 작별 인사도 제대로 못 했다.

처음 수영을 하게 된 나는 그로 인해 새로운 병적인 집착 현상을 보였고 부모님에게 새로운 걱정거리를 안겨주었다. 나는 수영 타월 위에 앉아 테니스 운동화를 벗고 있었다. 그때 열두 살 정도 된 남자아이가 그의 친구에게 이렇게 말했다.

"저 새로 온 애한테 신경쓰지 마. 저 애는 젖가슴도 없잖아."

"젖가슴, 젖가슴." 나는 반복해서 이 낱말을 중얼거렸고, 그 남자애들은 계속해서 웃었다.

오후 내내 '젖가슴'이라는 말을 즐겨 사용했다. 그것은 새로운 말이었고, 나는 그 말이 입을 통해 나올 때 기분이 좋았다. 나는 반복적 행동을 하면서 끊임없이 그 말을 되풀이했다. 내가 그 말을 할 때마다 남자아이들이 웃었다. 캐빈으로 돌아간 뒤에도 나는 계속 그 말을 했다. 상담 선생이 인상을 쓰면서, "템플! 그 말은 남녀가 함께 있는 이 캠프장에서 쓰면 안 된다" 하고 말했다. 그녀는 젖가슴이 무엇인가를 설명했다. 그러나 너무 늦어버렸다. 이미 그 낱말은 나의 머리에 박혀서 규칙적으로 나의 입을 통해서 나오곤 했다.

나와 함께 캐빈을 사용하는 여자아이들 중 한 명과 같이 저녁을 먹으러 걸어가게 되었다. 그 애가 나에게 속삭이기를 여자들은 젖가슴을 가지고 있고, 그래서 나중에 아기에게 젖을 먹일 수 있다고 했다.

"남자들은 아기에게 젖을 먹이고 싶지 않나?" 하고 내가 물었다.

입을 삐죽거리며 그 애는 이렇게 말했다.

"남자는 또 다른 것을 가지고 있어. 아이를 만드는 거지."

"나는 그걸 한 번도 본 적이 없는데, 그걸 어디에 간직하지?"

"그 애들 바지 속에 간직하지, 이 바보야." 그 애는 그렇게 말하며 깔깔깔 웃었다. 그러고는 "네가 그렇게 관심이 있으면 남자아이들에게 그걸 어디에 두고 있는지 물어보지 그러니?"라고 덧붙였다.

그래서 다음 날 나는 수영장에 갔을 때 그것에 대해 한 남자아이에게 물어보았다. 그 남자아이의 눈이 왕방울 만큼 커지더니 입까지 크게 벌어졌다. 그러면서 더듬거리며 말했다.

"뭐라고?"

나는 반복해서 말했다.

"너는 미치거나 아니면 어디가 좀 이상하구나." 그 남자아이는 그렇게 내뱉고는 멀리 가버렸다. 몇 분 후에 나는 그 애가 자기 친구하고 얘기하는 것을 보았다. 그들은 나에게 손가락질을 하면서 웃었다.

그 주의 나머지 날들은 즐겁게 잘 지나갔다. 나는 수영도 하고 배도 탔다. 또 만들기 시간에는 조개껍질로 목걸이도 만들었다. 남자아이들이 나를 놀렸지만 짓궂은 행동은 하지 않았다. 그들이 내가 이해하지 못하는 말로, "너는 숙성하다" 하고 말하면 나는 "그래, 나는 숙성, 숙성하다" 하고 대답했다. 그러면 그들은 웃어댔다. 그러나 나의 이러한 표현들을 캠프 책임자인 노스롭 부인이나 나의 상담 선생이나 만들기 선생인 린다에게 하면 그들은 웃지 않았다. 그들은 바닥을 내려다보거나 눈길을 다른 곳으로 돌리곤 했다. 이러한 반응들이 나의 행동을 멈추게 하지 않았고, 오히려 이 새로운 어휘에 몰두하게 만들었다.

첫 주일이 지나갈 무렵, 나는 아프기 시작했다. 금요일부터 한기가 들고 열이 나기 시작하더니 소변보기가 힘들어졌다. 상담 선생은 간호사가 있는 양호실에 나를 데리고 갔다. 캠프 의사가 진찰을 한 후에 요도염이라며 약을 처방해 주었다. 그래서 다음 주 내내 나는 침대에 누워 있었다. 하루에 두 번 간호사가 나의 음부에 자줏빛 약을 바르곤 했다. 그 때 간호사가 약을 바르면서 음부에 솜을 집어넣었는데, 그것이 너무 아파서 울곤 했다. 치과 의사가 사용하는 날카로운 진료 도구를 사용해서 나의 그 부분을 아프게 하곤 했다. 그녀는 내가 잠을 잘 수 있게 어떤 약을 주었다. 일주일 후에 어머니가 나를 데리러 왔을 때 나는 내가 얼마 동안이나 양호실에 있었는지 기억할 수가 없었다.

집으로 돌아와 요도염이 나은 후 나는 아버지, 어머니와 함께 소아 정신과 의사인 슈타인 박사를 방문했다. 그 의사는 유아기부터 나를 보살펴준 소아과 의사가 추천한

분이었다. 어머니는 그 의사와 상담한 후에 다음과 같이 편지를 썼다.

슈타인 박사님께

박사님을 방문한 후에 마음이 괴로웠습니다. 그것은 템플의 부적응 행동의 원인을 말씀해주셔서가 아니라, 우리의 상담이 끝날 무렵에 제 남편이 저지른 실수 때문입니다. 제 남편은 템플의 행동을 변호하고 싶었을 것이고, 또 템플의 소아과 의사인 펠럼 박사나 템플의 3학년 담임 선생인 디 부인도 남편의 견해가 정당하다고 생각합니다. 제가 말하고자 하는 것은 제 아이에게 생긴 이런저런 습관이 아니라, 그 아이가 행동하는 방식입니다. 이러한 특징들은 모든 어린이들에게 어느 정도는 보이는 현상입니다. 단지 템플의 행동에서 문제가 되는 것은 충동적인 면입니다. 이 점도 아주 많이 좋아졌습니다. 템플은 안정된 주위 환경, 즉 자신이 사랑받고 있다고 느끼는 환경에서는 충동적 행동이 줄어듭니다. 템플의 목소리도 특이하게 강한 톤이나 억양이 없어지고, 자신의 있는 그대로 자연스럽게 말을 합니다. 집에 있을 때는 전혀 문제가 없습니다. 밖에서도 친한 친구들과 함께 있을 때는 아무런 문제가 없습니다. 템플과 두 여자 애들은 아주 다정한 친구 사이입니다. 템플은 그들을 소중하게 생각하고 또 그들도 템플을 소중하게 생각합니다. 그들은 지난 여름 캠프장에서는 찾아볼 수 없었던 우정 관계를 맺고 있습니다. 이 두 여자 친구들은 지난 여름 템플이 캠프장에 간 것을 좋아하지 않았습니다. 그들의 우정은 행복하고 즐거운 세 여자아이들 사이에 이루어진 정상적인 것입니다. 학교에서 템플의 행동은 눈에 띄게 좋아지고 있습니다. 어려움은 주로 템플이 피로할 때나 방학이 끝나고 다시 학교에 돌아가서 새로운 일에 적응해야 할 때만 일어납니다. 큰 소리가 나거나 주위가 시끄러울 때 템플은 혼란을 겪습니다. 학교에서 주어지는 일이나 숙제를 할 때 템플은 불평하면서 많은 시간을 낭비하지만 결국은 마음을 가라앉히고 숙제를 하게 됩니다. 그 애는 자기가 믿는 사람이 옆에 있어주기를 원합니다. 그 애의 발전은 항상 사랑과 감사로 이뤄지는 것 같습니다. 그 애의 행동은 주위에 대한 안정감이나 주변 사람들이 자기를 인정한다고 느낄 때까지 상당히 산만합니다.

박사님의 기본 관점인 정신적 손상이 맞는다고 간주하더라도 템플에게 주어지는 어떠한 치료보다 가장 중요한 것은 사랑인 것처럼 보입니다. 유아기에 그 애가 주지 못하고 받지 못했던 사랑을 보상받으려고 하는 것처럼 사랑을 느낄 때에만 일을 성공적으로 할 수 있는 것입니다. 그 애를 순수하게 이해하면서 가르치는 교사에게 그 애는 최대의 반응을 보입니다. 학교 친구들은 이 애의 엉뚱함을 인정하고 또 그렇게 하도록 합니다. 템플은 많은 정보나 풍요함을 제공합니다. 한 여자아이가 "나는 템플을 좋아합니다. 템플은 많은 생각을 가지고 있고 또 여러 가지 것을 만들기 때문입니다" 하고 말한 것이 생각납니다. 템플이 학교에서 특히 즐겁게 보낸 날은 집에 와서 '나의 친구들'에 대해서 많은 이야기를 합니다. 그 애는 자기 방에 들어가서 미친 사람처럼 방을 정리합니다. 왜냐하면 그 애 자신이 사랑을 받아서 행복하기 때문이지요. 또 방을 잘 치우면 엄마가 기뻐할 것을 알기 때문입니다. 템플은 "엄마, 나는 엄마를 사랑해요" 하고 말할 것입니다. 이것은 바로 그 애가 행복함을 느끼고 있다는 뜻입니다. 이 두 말은 동의어이기 때문이니까요.

템플이 다녔던 밸리 컨트리 주간 학교는 신경적 불안을 가진 그 애를 잘 도와주어서 그 애의 재능을 잘 개발하도록 했습니다. 템플의 교사인 디 부인은 템플에게 친근한 환경이 필요하다고 느꼈고, 템플의 기이한 행동들을 보고 놀라지 않고 그 행동을 단호하게 다루어야 한다고 생각했습니다. 새로운 상황에서는 한계를 배울 필요가 있습니다. 그 애의 스포츠맨십은 아주 빈약하고 경쟁을 해야 하는 시합에는 잘 적응하지 못합니다. 그러나 혼자서 달리기를 할 수는 있습니다. 템플은 예술 분야에 재주가 있고, 그 애의 예술 작품이나 바느질 솜씨는 훌륭합니다. 디 부인에 의하면, 템플은 상호적인 사랑이 필요하고 항상 어른과의 친밀한 유대 관계가 있어야 한다고 합니다. 모든 사람들은 자기 주위 사람들을 기쁘게 하려는 본능이 있고, 그것을 통해 소속감을 얻고자 합니다. 템플은 남과 똑같아지려는 본능이 부족하거나 신경적 충동이 너무 커서 그것을 극복할 수 없는 것입니다. 아마 두 가지 모두가 그 원인이겠지요.

우리가 템플을 기르는 것이 힘들거나 아주 어렵지는 않습니다. 우리는 스스로에게 미안해하거나 슬퍼하지 않습니다. 사람들 속에서 최선을 이끌어내는 것은 늘 가슴 벅찬 일입니다. 템플을 다루는 사람들마다 나름대로 최선을 다합니다. 그러면 템플은 항상 그것에 반응합니다. 그들의 관심과 사랑에 나는 항상 감동할 뿐입니다. 그렇기 때문에 이번 여름 캠프의 에피소드에 나는 실망하지 않을 수 없습니다. 그들은 템플을 다루는 데 처음으로 실패한 사람들입니다. 크게는 성에 대해 보수적이고 낡은 견해를 가졌고, 템플에 대해 겁을 먹고 있었기 때문입니다.

또한 템플의 3학년 교사인 디 부인은 캠프 감독에게 템플이 속한 캐빈에는 경험이 많은 상담 교사가 있어야 한다고 말했습니다. 템플이 속한 캐빈의 상담 교사 낸은 젊고 예쁘고 활발하지만 다양한 경험을 가지고 있지는 않았습니다. 죄의식을 느낀 캠프 책임자는 문제를 쉽게 해결하고자 템플을 매우 심하게 비난했습니다. 그 곳 직원들은 나이가 많고 우리들보다 훨씬 더 현명하다고 말하면서 템플에 대해서는 성적으로 너무 조숙하고 성에 유난히 관심이 많다고 지적했어요. 또한 나에게 전화를 해서 템플을 비난했습니다. 그 때 캠프 책임자는 조용히 말하는 척했지만 상당히 흥분한 목소리였습니다. 캠프 감독은 캠프에 온 다른 아이들이 템플에 대해서 말하는 것을 들었는데, 정확한 의미는 모르지만 템플이 남자아이에게 접근하려 했다고 했습니다.

슈타인 박사님, 제가 생각하기에 그 때 템플의 주된 문제는 요도염이었습니다. 요도염으로 간지럽고 아프다 보니 자연히 성기를 만질 수밖에 없었겠지요. 캠프 의사가 병을 진단한 후 곧이어 약을 바를 때 간호사는 내 아이가 수음을 했다고 말했어요. 바로 소설《주홍글씨》의 증후지요! 두 번째 문제는 캠프 직원들의 직관력 결핍입니다. 템플은 새로운 사람을 만날 때 자기 행동의 범주가 어디까지인지를 알아내려는 듯 사람들을 시험합니다. 만약 경험이 있는 상담자가 있었더라면 물론 이것을 알아챘겠지요. 그러나 그 캠프에서는 템플이 아기가 태어나는 것에 대해, 남녀의 성에 대해 끊임없이 묻고 입에 담아서는 안 되는 말을 자꾸 되풀이할 때 아무도 그것을 멈추게 하는 사람이 없었어요. 오히려 크고 작은 모든 일들을 주워모아서는 못된 아이들과 비교했을 뿐이지요. 템플은 나에게, "캠프 감독인 노스롭 부인은 몇 가지 말을 사용하지 말기를 원했어요. 그래서 나는 그 여자 앞에서는 사용하지 않았어요" 하고 말하더군요.

나는 템플이 캠프에서 만난 어떤 사람과도 즐겁게 지내지 않은 줄 알았어요. 그들은 템플이 그 캠프에서 나가기만 기다렸죠.

내가 템플을 데리고 떠나려고 할 때 양호실의 간호사가 이렇게 말했어요. "템플이 양호실에서 만든 훌륭한 작품을 좀 보세요. 그 애는 기막힌 미술가예요." 나는 그림을 보며 코웃음을 치고 싶었어요. 우리 아이는 간호사가 너무 많이 수면제를 먹인 탓에 자신이 그린 그림에 줄도 제대로 그릴 수가 없었지요. 템플의 행동을 변명하려는 것은 아닙니다. 그러나 그 애의 충동적인 행동이 요도염 때문에 성적인 현상으로 바뀌었을 뿐이지 캠프 사람들이 보는 것처럼 사춘기에 오는 성 애착증은 아니라고 말하고 싶습니다. 템플에게 진정제를 먹였다는 것을 캠프 직원들이 인정하지 않는 것이 나를 화나게 합니다. 그러나 이상한 것은, 캠프 직원들이 그런 대로 따뜻하고 능력 있는 사람들 같다는 것입니다. 아마 템플의 문제가 성적인 것이 아닌 다른 것이었다면 그들도 우리 아이를 잘 다루었을 것입니다. 그들은 우리가 만난 사람 가운데 템플을 이해하려고 최선을 다하지 않은 최초의 사람들입니다. 안타깝게도 템플이 그 캠프를 좋아했고 또 그 캠프에서 일어난 여러 가지 일들을 기억한다는 것입니다.

어려운 일을 당할 때마다 템플은 자기 자신에 대한 성숙한 통찰력을 얻는 것 같습니다. 처음으로 수영 교습을 받을 때엔 발로 물을 차지도 못하고 제대로 뜰 수도 없었습니다. 좋은 성격의 수영 선생은 아주 인내심이 많고 재미있는 사람으로 템플을 엄격히 잘 다루었습니다. 수영 교습이 끝난 후 템플은 왜 위험한 일에 도전하는 법을 배우지 못했는지 모르겠다고 했습니다. 그렇게 내적 성찰을 거친 템플은 곧바로 다른 일에 몰두했습니다. 또 언젠가는 어려운 일을 당했을 때 너무 어렵다고 말하고는, 살아가는 법을 즉시 배우는 일이 한 단계 발전했습니다. 그 애는 자전거 타는 것을 배우려 하지 않았습니다. 그래서 그냥 내버려두었더니 혼자서 한동안 고민하고 어려움을 겪은 후에, 스스로 자전거 타는 것을 배웠습니다. 캠프에서 돌아온 후로 템플은 상당히 성숙한 사람처럼 보였습니다. 나는 템플이 마음 속으로 많은 것을 생각했다는 것을 알았습니다. 그 애의 마음에 있는 통찰력이 그 애가 갈 길에 어떠한 도움을 주었다고 생각합니다.

선생님과의 만남은 저희들이 템플을 좀더 성공적이고 성숙한 사람으로 기르는 데 큰 도움이 되었습니다. 선생님께 깊이 감사드립니다. 그 애가 정서 장애자일지라도 그 애 자신은 그런 줄 모릅니다. 그 애는 항상 즐거운 아이입니다.

박사님의 진단에 우리가 충격을 받았다고 걱정하실 필요는 없습니다. 우리 아이의 문제가 정신병적 요인이라고 박사님이 진단했다고 해서 우리가 그 애를 사랑하지 않는 것은 아닙니다. 그 애는 여전히 우리 아이이며 우리 가족이고 그 애에 대한 우리의 태도는 변함없을 것입니다. 이러한 아이를 양육하는 동안 일어나는 문제들은 매일 끊임없이 다뤄져야 하는 것이지, 단 며칠만에 해결되는 것은 아닙니다.

템플이 청소년기가 되어 정신적인 혼란이 일어나지 않는다면 나는 아무것도 달라질 것이 없다고 봅니다. 박사님께서 정신병이 주된 원인이라고 생각하신다면 물론 우리는 박사님의 지시를 따라야 한다고 생각합니다. 템플이 세 살이었을 때 크루더스 박사와 마이스 박사가 그 애에게 특수 치료보다는 일반적인 치료를 권장했는데, 왜 그랬는지 알고 싶습니다. 이에 대한 박사님의 의견은 어떠신지도 알고 싶습니다. 그 동안 우리가 받은 전문가의 지도가 템플에게는 큰 도움이 되었습니다. 우리는 성 누크 병원에 큰 신세를 졌습니다. 다음 상담 때 박사님을 다시 만나기를 기대하면서.

그랜딘 부인 올림

좀더 깊이 상담한 후에 부모님은 나를 일주일에 한 번씩 정신과 의사에게 데리고 갔다. 슈타인 박사는 독일인이었는데 프로이트 이론을 배운 사람이었다. 그래서 그는 내 마음 속 깊이 숨어 있는 무의식의 비밀을 찾아내어 내가 왜 그렇게 이상하게 행동하는지를 발견하려고 했다. 1959년 심리 이론에 의하면 자폐증은 정신적 상처에서 일어난다고 했다. 현대의 신경과학에 의하면 터무니없는 것으로 여겨지는 이론이다. 자폐증은 중추 신경계의 장애로 일어나는데, 이것은 하나의 생리학적 문제일 뿐이다.

슈타인 박사는 내가 마음놓고 이야기할 수 있고, 같이 게임도 할 수 있는 좋은 사람이었다. 그는 초콜릿을 접시에 담아 나에게 주곤 했다. 나의 신비한 정신적 상처를 알아내는 것은 불가능했지만, 슈타인 박사는 어머니에게 나를 어떻게 지도하고 기를 것인지에 대해 충고해 주었다. 어머니는 나에게 읽는 법을 가르쳤고 내가 학교에서 문제가 있을 때 그 어려움에서 구제해 주었다. 어머니의 훌륭한 직감에 의한 지도는 어떤 비싼 치료보다 훨씬 더 나에게 효과적이었다. 그 정신과 의사가 어머니에게 내 이야기를 다 했기 때문에 나는 어떤 것들은 말하지 않았다.

나는 주위 사람들의 인간 관계에 민감하지 못했다. 어머니와 아버지의 결혼 생활에 문제가 일어나기 시작했을 무렵 동생 진이, "엄마 아빠가 이혼할 거라고 생각해?" 하고 물었을 때, 나는 "물론 아니지" 하고 단호하게 대답했다. 그들이 내 앞에서 소리지르지 않았기 때문에 나는 엄마와 아빠 사이에 무슨 갈등이 있었는지 눈치채지 못했다. 나는 나보다 두 살 아래인 동생 진과 잘 지냈다. 다른 남동생과 여동생은 각각 여덟 살, 여섯 살이어서 나보다 훨씬 어렸다. 그래서 나는 주로 진과 놀았고, 다른 두 어린 동생들은 그들끼리 친구가 되었다.

정신과 의사에게 말하지 않은 것 중 하나는 접촉 위로

를 줄 기구를 만들고 싶다는 생각이었다. 그 말을 하면 그러한 생각이 나의 차트에 기록될 것이라고 생각했다. 만약 내게 위로 기구가 있었다면 거대한 체구의 고모가 나를 껴안을 때 그 통제할 수 없는 고통스런 자극의 소용돌이에 빠져들어가지 않았을 것이고, 또 바보처럼 반복적으로 성적인 이야기를 하지도 않았을 것이며, 그로 인해 골치 아픈 문제도 일어나지 않았을 것이다. 그 기구의 장점은 나 자신이 자극의 양을 통제할 수 있다는 것이다. 나의 신경계가 받아들일 수 없을 만큼 한꺼번에 들어오는 자극 때문에 감각이 질식당하지 않으면서 나의 접촉에 대한 갈망을 만족시킬 수 있을 것이다.

한 연구 보고에 의하면, 과다하게 수음을 하는 어린이가 부모의 사랑과 포옹을 더 많이 받았을 때 그 행동을 멈추었다고 한다. 내 머릿속에 있는 위로 기구는 어머니의 사랑을 대신할 수는 없지만, 나의 미숙하고 손상된 신경계를 도와서 사랑하는 아버지나 고모 같은 사람들이 나에게 하는 접촉을 잘 받아들이는 것을 배우도록 해줄 것이다. 슈타인 박사는 사랑에 대해, 누가 날 사랑하고 내가 나를 사랑하는지에 대해 많은 질문을 했다.

"학교에 있는 친구들은 어떠니? 그들과 잘 지내니?"

"그런 것 같아요. 그들이 나를 자주 놀리지만요." 나는 초콜릿 사탕을 한 줌 입에다 넣으면서 말했다.

"그러면 어떻게 하니?"

"이따금 때려주죠." 나는 뒤로 고개를 젖히고 초콜릿 사탕을 하나하나 입 안에 떨어뜨렸다.

"템플! 집중하세요. 나는 너의 아버지에 대해 물었다. 아버지는 어떠니? 아버지와는 잘 지내니?" 하면서 슈타인 박사는 손을 공중에 한 바퀴 돌렸다.

아버지의 급한 성격에 대해 말할 생각은 없었다. 나는 또 한 주먹의 초콜릿을 입 안에 넣고 슈타인 박사를 쳐다보았다.

"물론이죠. 우리 아버지는 가끔 화를 내시죠. 선생님이나 나와 마찬가지로요. 그렇지만 우리는 재미있게 지내는 사이예요. 이따금 나는 정원에서 아빠를 도와 꽃씨를 심고 잡초를 뽑거나 꽃나무의 가지들을 치지요. 내가 진짜로 아빠와 일하고 싶은 것은 배에서 일하는 것이에요. 배에 있는 손잡이들을 반짝반짝 윤을 내는 것이지요. 아빠는 제가 세상에서 가장 윤을 잘 내는 사람이라고 했어요."

그것은 사실이었다. 아버지도 나처럼 육체적인 일을 할 때 가장 즐거워했고 잘해냈다. 슈타인 박사는 나의 차트에 무엇인가를 적으면서 고개를 끄덕거렸다. 그 후 2년 동안 슈타인 박사를 정기적으로 방문했고, 초콜릿 공장에

돈을 벌게 해주었다.

5학년 말에 어머니는 슈타인 박사에게 다음과 같은 긴 편지를 썼다.

슈타인 박사님께

박사님과 다시 한 번 대화를 나눌 시간인 것 같습니다. 템플이 점점 나아지고 있지만 박사님과 몇 가지 상의할 것들이 있습니다.

첫째, 템플은 집에서는 항상 잘합니다. 그 애는 사랑스럽고 순종적이며 상당히 단정하고 진정으로 저를 도와줍니다. 저는 이러한 점들이 밖에서도 더 많이 나타나기를 바랍니다. 그 애는 상당히 독립적입니다.

둘째, 그 애는 학교 생활을 익히면서부터는 그런 대로 잘하는데 그렇게 하기까지는 아주 많은 노력이 필요합니다. 템플은 프랑스어를 싫어하는데다 프랑스어 교사에게는 공포의 대상입니다. 숙제도 하기 싫은지 마지못해서 합니다. 그러나 그 애가 머리 쓰는 것을 보면 하고자 마음만 먹으면 그다지 어려움은 없는 듯합니다. 제가 이것을 아는 것은 선생님 지시에 따라 밤마다 그 애의 숙제를 돕고 있기 때문입니다. 그 애는 상당히 많은 진전을 보이고 있습니다. 특히 학교에서 보내온 주말 보고서를 보면 그 사실을 확인할 수 있습니다. 학교와의 연락은 제가 특별히 원했던 것이고, 또 그것이 템플을 학교 공부에 집중시키는 데 도움이 됩니다.

최근에 학교에서 문제가 일어났습니다. 템플이 지금 다니고 있는 밸리 컨트리 주간 학교에서 일반 학교로 갈 가능성이 있을까요? 학습 면에서 따라갈 수 있을까요? 그 애가 사회적으로 잘 적응할 수 있을까요?

그 애의 담임인 존슨 선생은 새로운 학교 선생들이 템플을 잘 이해하고 동정어린 시선으로 받아들인다면 템플이 못 할 이유가 없다고 말합니다. 템플이 이 학교에서 꾸준히 발전하고 있는 것을 보고 우리가 그 애의 미래에 대해 지나치게 희망적으로 기대하는 것은 아닐까 걱정이 됩니다. 너무 가까이 있는 우리로서는 제대로 평가하여 냉정한 판단을 내리기가 무척 어렵습니다. 우리는 박사님의 도움이 필요합니다.

그 애가 자기 자신을 이끌어야 할 텐데 제가 너무 오랫동안 템플을 이끌어준 것 같아 두렵습니다. 우리는 올해와 다음 해 2년 동안 그 애가 새로운 학교에 갈 수 있도록, 또 그 애의 친구들과 멀리 떨어져 다른 삶을 살도록 준비하려 합니다. 그 애가 안정되게 살도록 하기 위해서 이런 준비과정이 필요하다는 것은 우리는 물론 그 애에게도 명백한 사실입니다. 저는 템플에게 자신의 결정에 따라 다른 학교로 갈 것이라고 몇 번 이야기를 했습니다. 그 애가 어느 학교에 가든 상관없습니다. 중요한 것은 어떻게 공부하느냐에 달려 있습니다. 가족이나 그 애를 가르치는 선생들은 충고를 하거나 용기를 북돋워줌으로써 그 애를 도울 수는 있지만, 그 애의 삶을 결정할 수는 없습니다. 결국 그 애 자신이 결정해야 합니다. 궁극적인 선택은 그 애에게 있습니다. 가족이 그 애를 사랑하고 도와주기는 할지언정 그 애를 위해 대신 살아줄 수는 없으니까요. 이것은 열 살짜리 템플에게는 상당히 이해하기 어려운 얘기입니다.

나는 템플과 이런저런 관계를 맺었던 사람들에게 감언이설을 한 듯한 기분도 있습니다. 그렇게 함으로써 사람들이 템플을 도와주려는 우호적인 마음을 갖도록 했지요. 그러나 이제는 시간이 지났습니다. 더 이상 그렇게 할 수는 없습니다. 그러니 어떻게 제가 그 애를 도울 수 있을까요? 제가 얼마나 많은 영향력을 그 애에게 줄 수 있을까요? 놀라운 일은 그 애가 마음만 먹으면 나쁜 행동도 금방 사라진다는 것입니다. 지금 그 애는 자신을 통제하려고 무척 노력합니다. 얼마나 많은 스트레스 훈련을 가정이나 학교에서 받을 수 있을까요? 제가 정말 그 애를 도와주고 있는 걸까요? 아니면 그 애에게 아주 나쁜 정서적 장애물이 되고 있는 것은 아닐까요?

가정이나 학교에서 사랑이 전제된 훈련은 낯선 사람이 주는 훈련보다 훨씬 더 받아들이기 쉽다고 생각해 왔지요. 아마 그 상황을 선생님께서도 이해하실 수 있을 것입니다.

이따금 템플은 집을 떠나 있곤 해요. 내가 그 애의 삶을 간섭하는 것이 싫기 때문이죠. 그럼에도 불구하고 템플은 자신을 이끌어주는 가정 훈련에 의지하곤 합니다. 집을 떠나 남의 집에 있을 때 그 애는 상당히 책임감있게 행동한다고 합니다. 그 애를 좋아하는 두 가족이 있는데, 그들은 항상 그 애를 환영합니다.

아직도 저를 괴롭히는 문제는, 템플의 담임인 존슨 선생이 전해준 얘기에 따르면, 화장실에서 아이들끼리 재잘거릴 때 종종 템플의 입에서 캠프 이야기가 나오고 있다는 것입니다. 나는 템플에게 이런 종류의 대화는 유치한 짓이고 상대방을 당황하게 한다고 주의를 주었습니다. 놀랍게도 그 애는 이러한 성적인 이야기를 자기가 시작하지 않았다고 부인하면서 남자아이들이 그 애가 하도록 유인했다고 합니다. 이러한 상황에서 어떻게 그 애를 혼란에 빠뜨리지 않으면서 도와줄 수 있을까요? 우리는 어떻게 해야 할지 몰라 박사님께 도움을 청합니다.

슈타인 박사님, 박사님이 아시는 바와 같이 템플에게는 좋은 점이 많고 잘하려는 욕망도 있습니다. 또 아직 어린애 같으면서도 한편으론 성숙한 면이 있습니다. 이 모든 것들이 서로 엉켜있지요. 우리가 이러한 것들을 그 애가 이해할 수 있도록 도와준다면 그 애는 아주 훌륭한 사람이 될 것입니다.

아마 이것은 다른 아이에게도 해당하는 말이겠지만, 또 우리 아이에게도 맞는 이야기입니다. 제가 할 수 있는 방법이 있다면 한번 시도해볼 수 있도록 도와주십시오.

문제를 은폐하거나 우리가 환상을 가지지 않게 해주십시오. 템플은 올해 무척 노력했습니다. 그 애는 우리가 줄 수 있는 모든 도움을 받을 가치가 있지요. 박사님한테서 좋은 소식이 오기를 바라면서 이만 줄입니다.

그랜딘 부인

중학 시절의 잊어버리고 싶은 날들

"문자 그대로 사람의 기억이란 잊어버리는 데 있다"고 오델 셰파드는 말했다. 나의 중학 시절이 바로 이 말에 적합하다. 아마 나의 생애 중에서 이 때가 가장 불행한 시절이었을 것이다. 그래서인지 그 시절에는 단편적인 기억밖에 없다. 그 시절에 대한 기억의 문을 조금만 열어 보면 부정적이고 괴로운 감정만 쏟아져나온다. 그 때만 생각하면 고독감이 나를 감싼다. 그 시절, 학생들로 꽉 찬 시끄러운 복도, 친구들의 거부감, 교사들의 냉담한 태도를 기억하면 나는 나의 내적인 세계로 도피하고 싶은 기분이 든다. 젊은 자폐인들에게서 흔히 엿볼 수 있는 것처럼 나는 어떤 변화에도 견딜 수가 없었다.

밸리 카운티 주간 학교를 졸업한 나는 코네티컷 주의

노르위치에 있는 체리힐 여자 중학교에 들어갔다. 이 학교는 중상류의 여자아이들이 들어가는 사립 학교였다. 모든 과목을 한 선생님이 가르치고 한 반에 13명이 전부였던 작은 초등학교와는 전혀 달랐다. 그 시절 초등학교 교사들은 우리 부모들과 아주 가깝게 지냈다.

한 반에 30~40명의 학생이 있고 각 과목마다 다른 선생이 가르치는 체리힐 여자 학교에 들어가는 것은 혼란스럽고 충격적인 경험이었다. 시끄러운 군중들이 나에게는 항상 벅찬 존재여서 길을 잃어버린 듯한 혼란 상태에 있었고, 수학이나 프랑스어 과목은 잘할 수 없었다. 이런 과목들은 시각적으로 배울 수 없었기 때문이다. 그것들은 추상적이고 개념적이었다. 어떤 물체나 형태를 나타내는 것이 아니었기 때문이다.

수학 시간에 내가 기억했던 단어 한 가지는 원의 면적을 측정하는 공식에 나오는 '파이π' 뿐이었다. 그것의 의미를 직접 보여주는 방식으로 배웠기 때문이다. 수학 교사는 두꺼운 판으로 만들어진 원을 가지고 왔다. 그리고 줄로 그 원의 둘레를 감았다. 그런 뒤 그 둘레가 원 지름의 3배보다 조금 넘는 3.14라는 것을 보여주었다. 이것이 나에게는 아주 사실감을 주었다. 그것을 직접 보았고 그래서 이해가 바로 되었다.

생물 수업은 내가 잘할 수 있는 시간이었는데, 그것은 체계적인 학습이기보다는 시각적인 학습이었기 때문이다. 초등학교에서처럼 나는 보석 만들기 같은 창작적인 학습을 잘했다. 우리들은 진짜 은을 가지고 공작을 했는데, 나는 독특한 보석을 디자인하는 데 성공했다. 그러나 초등학교 때처럼 학습 내용을 이해하지 못할 때는 지루하게 느껴졌고, 그러면 나는 말썽을 일으켰다. 지금 생각해 보면, 나의 못된 짓들은 지루함의 결과이기도 했다. 그런 짓을 하면 내 친구들이 어떻게 반응하고, 내가 잡히면 어떻게 될 것인지에 대한 호기심이 나를 충동질했다. 체육 시간은 그런 짓을 하기에 아주 좋은 시간이었다. 나는 다른 학생들이 체육관으로 들어갈 때까지 기다렸다가 그들의 옷을 감추었다. 체육 시간이 끝난 후 학생들이 옷을 찾으러 이곳저곳을 두리번거리는 꼴을 보면서 나는 속으로 무척 재미있어 하며 웃곤 했다. 그들은 다음 수업 시간에도 체육복을 입고 가야만 했다. 나는 내 옷도 같이 숨겨서 의심받지 않도록 했다.

내가 아주 재미있게 여긴 다른 장난은 유리창의 블라인드를 열고 닫는 끈을 학생 책상에 묶어놓는 짓이었다. 그래서 학생들이 책상을 열면 유리창의 블라인드가 주르륵 내려오게 만들어놓았다. 이것은 수업 시간에 큰 소동을 일으켰다. 이러한 소동이 나를 즐겁게 했고, 그 학습의 지루함을 어느 정도 가시게 해주었다. 물론 학교에서는 나의 나쁜 성적과 장난기에 대해 어머니에게 보고했다. 어머니는 나의 정신과 의사인 슈타인 박사에게 이러한 일로 걱정을 털어놓곤 했다. 그는 내가 다니는 중학교 교장 선생님의 친구였다. 슈타인 박사는 다음과 같이 교장 선생님에게 편지를 썼다.

짐에게

그랜딘 부인이 어젯밤에 나에게 전화를 했더군. 자네 학교의 교사들이 그 부인의 딸 템플을 잘 이해하지 못하는 것이 염려스러웠던 모양이야.

나는 그랜딘 가족을 1956년 7월부터 알고 있었네. 템플은 1958년 12월에서 1959년 6월까지 치료하면서 알았지. 템플은 조기 아동기에 상당히 혼란을 겪었던 아동으로 한때 뇌장애라는 잘못된 진단을 받기도 했었네. 1956년과 1959년에 실시한 심리 검사들과 나의 오랜 관찰에 의하면 위의 진단과는 정반대라네. 자네도 알다시피 심리 검사들은 유기적 장애를 찾아내기도 한다네. 1956년에 그 애의 지능 지수는 120이었고 1959년의 검사에서는 지능지수가 137이었지. 템플은 이 높은 지능에 맞게 기능을 하지 못한다네. 심리학자가 써준 요약서를 내 의견으로 표시하면 이렇다네.

템플은 아주 높은 지능을 가진 아이지만 그 외의 문제가 심각해서 현재는 감정이나 정서를 자유롭게 조절할 수 없고, 또 높은 지능을 창조적으로 사용할 수가 없네. 약한 면을 보면, 너무 솔직하거나 개방적이고, 스트레스가 심할 때는 현실에 대한 적응력이 부족해서 열한 살 아동으로서 나타내서는 안 되는 충동적인 행동을 하는 경향이 있지. 그러나 강한 면을 보면, 실제적으로는 특이한 행동이 있는 것이 아니며, 지능적 통제를 그런 대로 잘하고, 자신에게 닥친 상황들을 다룰 만한 능력도 있네. 그 애 자신의 통제에 많은 에너지가 필요하지만 그런 대로 잘하고 있는 편이지. 템플은 정신병적이거나 정신병은 결코 아니라네. 어떤 사람은 그 애를 신경성 아이라고 부르기도 하지만 그런 대로 원만한 성격을 지니고 있고, 심한 스트레스를 받는 경우를 제외하고는 이러한 성격을 잘 통제한다네. 물론 템플이 건전한 성격을 개발하고 있는 중이고, 또 성격 변화는 자라나는 과정의 한 모습으로 나타나지. 최근에는 내가 그 애를 처음 보았을 때보다 놀랄 정도로 많이 달라져 있는 것을 느꼈네.

내가 생각하기에 템플은 때로 특이성으로 인해 의심스럽게 생각되기도 하지만, 특이한 상상력과 큰 잠재력을 지닌 아이라네. 지금 템플이 문제를 일으키는 것은 그 애가 사춘기에 접어들면서 자신을 잘 알고 최선의 도움을 주었으며, 그 애 자신이 좋아했던 학교를 떠나 낯선 환경에 처했기 때문이기도 할 것이네.

내가 더 설명할 것이 있거나, 자네나 교사들에게 도움이 될 수 있는 길이 있다면 말해주게. 거의 2년 동안 자네를 만날 수 없었던 것을 안타깝게 생각하며 이만 줄이네.

슈타인 박사는 옳았다. 나는 진전을 보였다. 대체로 나는 파문을 일으키기보다 좋은 쪽으로 잘 합류하려고 노력했는데 거기에는 이유가 있었다. 내가 학교의 조회 위원으로 뽑혔기 때문이다. 그것은 커다란 명예였다. 일주일에 한 번 조회를 서기 위해 학생들이 정렬할 때 나는 '경찰' 노릇을 했다. 줄을 서면서 이야기를 하거나 행동을 잘못하는 학생에게 벌을 주었다. 나는 조회 위원이 되기를 원했고 인정받고 싶었기 때문에 체육복 숨기기나 다른 장난들을 깨끗이 청산했다.

또 하나 나의 진전을 보여주는 것이 있었다. 나는 TV에 나오는 '흐릿하게 비치는 황혼 같은 화면' 을 보기 좋아했다. 또 과학 소설 읽기와 모형 비행기를 디자인하는 일에 흥미가 있었다. 나는 이상하고 새로운 디자인의 모형 비행기를 만들어서는 그것이 날 수 있는지 궁금해했다. 날아가는 물체들이 나의 새로운 집착의 대상이 된 것은 아니었다. 나는 어렸을 때 종이연을 만들어서 세발자전거 뒤에 매달고 다녔다. 연의 날개 부분을 납작하게 만들고 날개 끝에 조그마한 귀를 위로 세워올리면 안정성은 약간 떨어지지만 성능은 아주 좋아지는 것을 알았다. 몇 년이 지난 후에 『월스트리트 저널』에서 한 광고를 보았는데, 제트 비행기 동체 끝에 또 다른 작은 날개를 붙인 것이었다. 그 아이디어는 내가 어렸을 때 종이연에 붙였던 그 날개와 같은 것이었다. 엔지니어링에 대한 관심은 공학자인 할아버지에게 영향을 받은 것이다. 할아버지와 그의 동료는 자동 나침반의 중요한 부분을 만들어서 특허를 받았다. 그것은 유동 밸브라고 불리는 것인데, 땅의 자장을 통해서 비행기 날개의 움직임을 감지하는 것이다. 이 발명품은 현재도 상업용 비행기에 사용되고 있다.

할아버지는 인내심이 강했고 항상 나의 질문에 잘 대답해주셨다. "하늘이 왜 푸르지요?" 혹은 "밀물과 썰물은 왜 생기지요?"라고 물으면 내가 이해할 수 있는 용어로 과학적인 대답을 해주시곤 했다. 나의 창의적인 능력에도 불구하고 사람들과 어울리는 능력은 부족했다. 그런 까닭에 사람들은 나의 불규칙적인 행동이나 힘을 주어서 말하는 방식, 특이하고 이상한 생각들, 내가 하는 농담이나 장난들을 이해하지 못했다. 그리고 나의 학교 성적은 비통할 정도로 낮았다.

그러나 2년 반 뒤에 체리힐 여자 중학교에서 퇴학을 당한 것은 나의 농담이나 장난 혹은 저조한 성적 때문이 아니었다. 그것은 폭발하는 나의 성질 때문이었다. 아이들이 나를 놀리면 나는 그들을 두들겨 패는 것으로 반응했다. 그 때마다 그런 행동은 인정할 수 없다는 경고를 받았다. 하루는 동급생인 메리가 음악실로 향하는 복도에서 스쳐 지나가면서 나를 쳐다보며 돌아섰다. 그 애는 코를 하늘 높이 올리고 입술을 이상하게 비죽거리면서 나에게 "바보, 너는 바보일 뿐이야" 하고 비웃었다.

그 순간 분노가 불처럼 일었다. 나는 역사책을 가지고 있었는데 주저할 것 없이 그 책을 그 애에게 던졌다. 책이 유도탄처럼 공중으로 날아가 앞에 가는 메리의 눈을 맞혔다. 그 애는 비명을 질렀고 나는 책을 집을 생각도 없이 걸어서 나와 버렸다.

그 날 밤, 집으로 전화가 왔는데 내가 받았다. 상대편은 할로우 교장이었다. 그는 우리 부모와 이야기하겠다고도 말하지 않고 나에게 직접 이렇게 말했다.

"너는 학교에 다시 올 필요가 없다. 너는 고칠 수 없는 아이야. 메리 어머니가 아주 화가 났다. 너는 통제 불능의 못된 행동 때문에 메리를 장님으로 만들 뻔했어."

나는 수화기를 놓았다. 분노와 좌절에 사로잡혀서 몸이 떨리고 배까지 아팠다. 교장은 나의 이야기는 들으려고도 하지 않았다. 그는 내가 남과 다르기 때문에 전적으로 내가 비난을 받아야 한다고 생각했던 것이다.

"템플! 누구 전화니? 내 전화였니?" 엄마가 물었다.

"아네요." 나는 깊은 숨을 내쉬고 어머니가 어린 동생들에게 책을 읽어 주고 있는 거실로 갔다. 아버지는 저녁 신문을 읽고 있었다.

"음, 누구 전화니?" 아버지는 신문을 접으면서 물었다.

"할로우 교장 선생님이었어요." 나는 그가 말한 것을 부모님에게 말했다.

"뭐, 퇴학당해! 템플! 네가 퇴학당해! 어찌 된 일이니?"

어머니는 읽던 책을 내려놓으면서 나에게 다가왔다.

나는 상황을 설명했고 어머니는 귀 기울여 들었다. 항상 그렇듯이 어머니는 내 편이 돼주었다. 어린 동생들을 침대에 뉘어놓고 아버지가 산책하러 나간 뒤에 우리는 자세한 계획을 세웠다. 그 후 며칠 동안 어머니와 나는 집에서 가까운 다른 학교를 찾기 시작했다. 어머니가 전에 자주 접했던 한 학교를 찾아갔다. 그 당시 어머니는 정신 지체 어린이에 대한 TV다큐멘터리를 썼는데, 가장 잘된 다큐멘터리로 오하이오 주에서 주는 상을 받았다.

또 PBS TV방송국에 정서 장애 아동에 관한 다큐멘터리를 쓰는 동안에는 많은 시간을 버몬트 주에 있는 마운틴 컨트리 학교에 대해 연구하기도 했다. 우리가 그 학교를 찾아갔을 때 나는 그곳이 나에게 아주 적합한 학교라고 생각했다. 이 학교는 내가 다녔던 '밸리 카운티 주간 학교' 처럼 작은 학교였고, 학생이 나를 포함해서 32명밖에 안 되기 때문에 내가 이 곳에 오면 개별적인 관심을 충분히 받을 수 있는 곳이었다. 나는 템플로, 즉 나 자체로 알려졌고, 체리힐 여자 학교에서처럼 많은 학생 가운데 특이한 여학생으로 알려지지 않았다. 개별적인 관심을 줄 수 있는 작은 학교로 가는 것은 내 문제를 훨씬 더 쉽게 해결할 수 있게 했다.

항상 내 마음의 한구석에서는 나를 위로해줄 수 있고 또 남보다 특이하지 않게 해줄 수 있는 마술의 위로 기구에 대한 꿈을 꾸고 있었다.

기숙 학교

1960년 1월, 어머니는 나를 새 학교로 데리고 갔다. 나는 유리창을 통해 고속 도로 변에 쌓여 있는 눈을 내다보고 있었다. 다음 순간, 두려움과 걱정으로 몸이 한없이 떨리면서 그 눈처럼 차게 느껴졌다. 나는 어머니에게 화살처럼 질문을 던지기 시작했다.

"나 혼자 쓰는 방이 있을까요? 농장에 동물들이 있다고 했지요? 타는 말도 있어요? 내가 말을 탈 수 있을까요? 얼마나 가야 해요? 내가 만약 그 학교를 싫어하면 어쩌죠? 거기에 못된 남자아이들이 있을까요?"

어머니는 웃었다. 그리고 말하기를, "한 번에 한 가지만 질문해라, 템플! 마운틴 컨트리 학교는 너와 같은 천재 아이들을 위한 학교야. 그 곳의 목적은 학생들의 잠재력을 개발하도록 돕는 거야. 정서적으로나 정신적으로 학생을 돕는 최고 수준의 학교를 만들려고 하는 곳이지. 그래서 11학년, 그러니까 고등학교 2학년이 되면 학생들이 매우 성공적으로 된다더라"라고 말했다.

"성공적, 성공적, 내가 성공적으로 될 거다" 하고 나는 반복해서 말했다.

"그리고 템플! 새로운 친구들도 만나게 될 거야."

"그리고 말들도요."

"그래, 말과 다른 농장 동물들. 이 학교에는 예술과 수공예 시간이 있고, 여기서 캠핑도 하고 카누도 탈 거야. 또 4-H 프로그램, 연극, 발레, 볼링, 낚시, 수영, 스키, 스케이팅도 할 수 있지. 템플, 내 생각엔 네가 이 학교를 아주 좋아할 것 같다. 이 학교는 모든 것을 다 갖추고 있으니까."

나는 차 유리창에 머리를 기대고 있었다. 나 자신이 낚시를 하고 캠핑을 하고 말도 타는 상상으로 내 머리를 꽉 채웠다. 내 생각의 한쪽에서 또 다른 생각이 튀어나왔다.

"그러면 수학과 프랑스어는 어때요? 그 과목들도 배우나요?"

나는 예술, 수공예, 그리고 다른 여러 활동이 있는 그 많은 교과 중에 어떻게 수학과 프랑스어 수업까지 포함될 수 있는지 궁금했다.

"그래 템플! 마운틴 컨트리 학교는 프랑스어와 수학 등 다른 과목들도 있어. 이 학교는 배우는 곳일 뿐만 아니라 여러 가지 즐거움도 누릴 수 있는 곳이고 친구도 갖게 되는 곳이야."

엄마는 산길의 급한 커브를 돌기 위해 차의 핸들을 옆으로 돌렸다. 바로 앞에 소나무와 단풍나무 사이로 몇 개의 큰 건물들과 창고, 그리고 전통적인 뉴잉글랜드식 벽돌집이 보였다.

"아, 말들이 보여요!"

나는 차 안에서 팔짝팔짝 뛰면서 소리쳤다. 엄마는 '마운틴 컨트리 학교, 학생수 32명, 높이 1,000피트' 라고 적힌 안내판 앞에 차를 멈추었다. 큰 건물 앞에 주차를 하자마자 한 남자가 서둘러 계단을 내려와 차 앞으로 다가왔다.

"환영합니다. 저는 찰스 피터이고 이 학교의 교장입니다."

그는 나에게 미소를 지었다. "아, 네가 템플이니?" 하면서 문을 열어 어머니가 차 밖으로 나오는 것을 도왔다.

나는 고개를 끄덕였다.

"저를 따라오세요. 제가 학교를 안내하겠습니다. 그리고 너에 대한 우리들의 계획을 자세히 설명해줄게. 나는 네가 이 곳을 좋아할 거라고 생각해. 우리는 전원, 호수,

냇가, 산이 있는 1,900에이커 규모의 넓은 땅을 가지고 있다. 그것은 네가 즐겁게 생활하고 자라기에 충분한 땅이 될 거다."

한 시간 동안 그는 어머니와 나에게 학교를 안내해 주었다. 우리에게 교실, 강당, 도서관뿐 아니라 우유를 짜는 곳, 마구간, 양들이 있는 곳까지 모두 안내해 주었다. "농장 동물들에게 관심 있는 아이들한테는 우유를 짜거나 마구간에서 동물을 돌보는 일을 허락한단다" 하고 교장 선생님은 말했다.

"자 이제는 학교 사무실로 갑시다. 그 곳에서 템플이 지내게 될 기숙사를 설명하고, 우리가 기대하는 학과목 성적이나 각 학생들에 대한 목표들을 이야기해 드리지요."

피터 씨는 그의 사무실 의자에 앉아서 다음과 같이 이야기를 시작했다.

"마운틴 컨트리 학교에서는 자제력을 확립하는 일에 중점을 둡니다. 왜냐하면 자제력은 성인의 삶에 필요한 요소인 자아 훈련이나 자아 신뢰를 형성하게 하기 때문이지요. 우리는 학생들에게 지역 사회의 활동에 참여하기를 장려합니다. 그러한 참여는 개인이나 집단의 책임을 가르치기 때문이죠. 좌절감을 이겨내는 것도 하나의 필요한 경험입니다. 무엇보다 중요한 것은 자기 자신의 행동에서 나오는 결과를 받아들여야 한다는 것이죠. 우리는 젊은 학생들에게 삶의 문제들을 해결하는 창의적 방법뿐만 아니라 자신을 훈련하는 방법도 보여주려고 합니다."

교장 선생님은 학교나 개인에게 꼭 필요한 네 가지 영역을 지적했다. 그것은 개인의 문제를 이해하는 방법을 통해 문제 교정하기, 공부법 배우기, 모든 상황에 필요한 사회성 키우기, 학교에서나 사회에서 살아가는 데 필요한 경쟁력 배우기를 말한다.

이 학교의 기본 철학은 학생들이 흥미나 관심 있는 영역에서 하고자 하는 일을 하게 하는 한편, 정서 장애가 보일 경우 학구적인 것과 사적인 상황에 따라 융통성을 두었다. 치료 환경의 제공만으로 충분하지 않을 경우에는 직접적인 치료를 제공했다. 이 치료에는 자제력, 자신의 한계에 대한 분별력, 동기 유발의 문제를 학생 스스로 해결하도록 돕기 위한 전문인의 개인 상담이 포함되었다.

"템플, 우리가 너를 입학시키기 전에 네가 이 학교를 어떻게 느끼는지 알고 싶다. 네가 우리 학교의 학생이 될 수 있다고 생각하니?"

그의 질문이 나를 놀라게 했고, 나는 "네, 네" 하고 자신 있게 대답했다.

"너는 가족 단위의 일원으로 이 곳에서 살게 될 것이다.

네 책임과 의무를 잘 지키고 재미있게 생활하기 바란다."

그가 일어나서 나에게 손을 내밀었다. 나는 그 손을 보지 않은 척했다. 그가 덧붙여 말했다.

"나는 네가 우리와 함께 지내게 된 것을 기쁘게 생각한다."

어머니는 '새로운' 가족에게 나를 데리고 갔다. 우리는 그 가족 단위의 책임자를 만났고, 그녀는 우리에게 나의 방을 안내해 주었다.

"템플, 네가 이 학교를 좋아할 것이라고 생각한다. 너는 잘 생활할 거야. 이제 나는 가는 게 좋겠구나."

엄마는 문 앞에 서서 떠날 준비를 했다.

나는 엄마를 쳐다보지 않은 채 나의 속옷과 양말들을 옷장 위 서랍에 넣었다.

"네가 없으면 우리 집이 너무 조용하고 쓸쓸할 것 같구나."

나는 무릎까지 올라오는 양말의 거친 부분을 보고 있었다. 그러고는 그 부분을 손가락으로 문질렀다. 뜨개질한 양말의 오돌토돌한 부위를 손가락으로 만지는 촉감이 좋았다.

"템플, 네가 보고 싶을 거다."

엄마는 나에게 빨리 걸어와서 내 뺨에 키스를 했다. 나는 엄마의 팔에 안겨 있는 것이 아픔으로 느껴졌다. 그러나 엄마가 어떻게 이 고통을 알까? 나는 자폐증의 접근-회피 증상에 사로잡혀 막대기처럼 뻣뻣하게 서 있었다. 엄마의 키스로부터 뒤로 물러섰는데, 그것은 엄마의 사랑스러운 촉각조차도 참을 수 없어서였다.

침대 끝에 앉아서 방을 두리번거렸다. 나에게 필요한 옷장, 책상, 의자, 스탠드, 침대 등이 다 있었다. 나는 지갑에서 마운틴 컨트리 학교 소개서를 꺼내서 다시 읽었다. 사랑과 이해를 약속하며 학습과 종교, 수공예, 임상적 · 정신과적 치료를 다 갖춘 마운틴 컨트리 학교는 자주 통제할 수 없는 성질을 가진 자폐인인 나에게 학문적으로 또 정서적으로 배울 기회를 제공했다.

그래서 나는 많은 것을 빠른 시일 안에 배울 수 있었다.

어느 날 저녁, 식사 종이 울리기를 기다리면서 줄을 서 있었다. 내 뒤에 있는 아이들이 웃거나 이야기했지만 나에게 뭐라고 말하지는 않았다. 나보다 나이가 많은 여자아이가 갑작스럽게 내 앞으로 끼어들었다.

그 순간 내가, "얘, 끼어들기 없어" 하고 말하며 그 애 앞으로 나갔다. 그 때 그 여자애가 숨을 깊이 들이쉬는 것을 느꼈다.

"나 괴롭히지 마. 멍청아."

그 애가 말하며 나를 떼밀었다.

충동적으로 나는 휙 돌아서서 그 애를 한 대 쳤다. 그 애가 고함을 질렀다. 갑자기 주위의 학생들이 조용해졌다. 그 방에는 침묵만 흘렀고, 그것이 나를 오싹하게 만들었다. 나이 지긋한 여자가 아이들을 헤치고 나타나서 나에게 다가왔다. 나는 그 순간 도망가서 소리 지르고 싶었다. 그녀는 친절한 얼굴을 보이며 내 옆에 오더니, "네가 템플 그랜딘이구나. 그렇지?" 하고 물었다.

나는 고개를 끄덕였다.

"우리 이야기를 좀 해야겠는데."

그녀는 내 팔을 잡고 데리고 갔다. 이럴 경우 일반적으로 나는 내 팔을 뿌리치거나 잡아당긴다. 그러나 그녀의 부드러운 블라우스 촉감 때문인지, 아니면 내 손을 잡은 그녀의 손이 위협적이지 않아서인지 내 팔을 뿌리치지 않았다.

"포에베!" 그녀는 앞으로 끼어들어온 여자아이를 부르더니, "템플과 나를 위해서 네 자리의 식탁 의자 두 개를 잡아줘" 하고 말했다.

그녀는 나를 의자들이 있는 방구석으로 데려갔다.

"나는 다우니 선생이다. 어떻게 된 건지 나에게 말을 해봐."

그 순간 나는 놀랐다. 이제껏 싸움이나 말다툼에서 나에게 물어본 사람이 없었다. 나는 다우니 선생을 쳐다보지 않은 채 내 앞으로 끼어들어온 포에베의 이야기를 했다.

"내가 본 게 바로 그거다. 어느 누구도 자기 앞에 끼어들어오는 것을 좋아하지 않지. 그러나……." 그러면서 다우니 선생은 내 턱을 약간 들어올려 내가 그녀를 보도록 했다. "의견 불일치를 해결하기 위해서 누군가를 때리는 것은 좋지 않아."

그녀는 사람들과 잘 지내는 요령에 대해서 이야기했고 나의 성질을 자제하도록 가르쳐 주었다.

"이 마운틴 컨트리 학교에서는 폭력이나 구타를 용납하지 않는다. 무슨 말인지 알겠지?"

"아무도 때려서는 안 되지요." 나는 중얼거렸다.

"그래, 이제 다른 사람들과 같이 저녁을 먹으러 가자. 끼어들었던 포에베에게 내가 얘기를 하마."

그 이후로 포에베는 내 앞에 끼어들지 않았고 다른 사람들에게도 그렇게 하지 않았다. 그러나 나는 아직도 문제만 일어나면 불같이 폭발하는 성질 때문에 주먹으로 남을 때리는 문제점을 안고 있었다. 학교에서의 6개월 동안 나는 주먹으로 모든 문제와 불일치를 해결했다. 다우니 선생은 참을성이 많았고 나와 같이 문제를 해결하려고 노력했다. 그러나 내가 크로케 줄에 넘어진 것을 보고 웃은 학생을 때렸을 때는 내가 좋아하는 말을 일주일 동안 못 타게 했다. 나는 수업 시간이나 식사 시간을 제외하고는 기숙사에 감금당해야 했다. 싸움에 대한 벌을 줄 때 말로 위협하는 것은 내게 문제가 되지 않았지만, 일주일 동안이나 말을 못 타게 하는 것은 큰 위협이 되었다. 그 벌은 나를 빨리 뉘우치게 했다. 수업 시간이 지루하면 계속적으로 못된 짓을 했지만, 남과의 이견을 조정하는 데 더 이상 주먹을 사용하지는 않았다.

신체적 싸움뿐만 아니라 행동도 좀 좋아진 반면, 나의 고착증은 더욱 악화했다. 즉, 환경의 변화에 대해서는 심한 신경 발작으로 반응을 나타냈다. 그러나 해가 지나면서 선거 포스터, 계속적인 질문, 끝없는 집착은 좀 줄었다. 그러나 집에서 기숙사로 거처를 옮긴 것이 내겐 큰 괴로움이었다. 모든 자폐 아동들처럼 나도 주위 환경이 똑같기를 바랐다. 며칠씩 똑같은 옷을 입고 똑같은 외투를 입었다. 기숙사 사감이 좀더 크고 좋은 방으로 나를 옮겨주고 싶어 했을 때 나는 공포에 질려 그의 호의를 거부했다.

내가 변화에 따를 수밖에 없었던 엄연한 사실은 내게 일어난 신체적 변화였다. 사춘기에 일어나는 호르몬의 변화가 나의 신경 발작을 더욱 부추겼다. 생리가 시작되면서 나의 공포증 발작이 더 심하게 일어났다. 변화의 영향이 너무 커서 나는 회오리바람에 휩싸여 돌아가는 풍차처럼 느껴졌다. 이러한 공상이 나의 마음 속에 바람처럼 일어났다. 나의 충동적인 행동이 더욱 자주 일어났고, 그로 인해 다른 학생들과 지내기가 더욱더 어려워졌다. 학습에는 더 흥미를 잃어서 생물학을 제외한 모든 과목의 성적이 학급에서 꼴찌였다.

가슴이 두근거리고 입이 마르고 손바닥에 땀이 차고 다리가 꼬이는 것 같은 신경적 발작은 '무대 공포증'과 같은 증세였다. 그러나 이것들은 불안이라기보다는 감각 과민성 같았다. 그래서 리브리움이나 발리움 같은 약도 떨리는 몸을 진정시킬 수 없었다. 이러한 공포가 날이 갈수록 심해졌다. 불안감은 오후 2~4시 무렵 극에 달했다가 저녁 9~10시가 되면 좀 줄었다.

그 시절 나의 삶을 되돌아보면 내가 경험한 불안증은 주기적이었던 것 같다. 생리 동안에는 줄어들었지만 늦은 가을 해가 짧아지면 더욱 커졌던 것이다. 연구에 의하면 낮의 길이가 우울증에 영향을 끼칠 수 있다고 한다. 특별한 조명 기구를 사용해서 낮의 길이를 인공적으로 늘리는 것이 어떤 사람에게는 우울증을 줄일 수 있다. 내가 아프거나 열이 있을 때는 불안 발작증이 줄어들었다. 자폐 아동의 부모들은 그들 아동의 행동이 열이 날 때에 좋아졌다고 보고한다.

대부분의 사람에게 별로 의미 없는 자극들이 나에게는 아주 큰 스트레스로 나타났다. 전화벨이 울리거나 내가 나의 우편함을 점검할 때 나는 '무대 공포증' 같은 신경 발작이 일어나곤 했다.

'내가 아무 편지도 받지 못하면 어쩌나? 편지가 왔다면 그 내용은 무엇일까? 그것이 나쁜 내용이면 어쩌나?'

또 전화벨 소리도 공포 반응을 일으켰다. 저녁 때 볼링을 하러 가는 것이 나를 불안하게 했고, 학교의 현장 학습도 나를 두렵게 했다.

그것은 공공장소에서 신경 발작을 일으키면 어떻게 참을 수 있을까 하는 두려움 때문이었다.

신경 발작에 대한 흥미로운 사실은, 유아기나 아동기에는 자극에 대한 반응들이 어느 정도 민감하다가 사춘기가 되면 신경적 발작과 같이 과민 반응으로 나타난다는 것이다. 나의 경우에는 7~16세 때 요충이 재발하곤 했다. 요충으로 인한 간지러움이 나를 괴롭혔다. 부모님은 그것이 완전히 악화할 때까지 병원에 가지 않았다. 사춘기 전에는 그 간지러움이 그냥 싫은 정도였지만 사춘기 후에는 나의 스트레스 반응을 불러일으켰다. 심장이 뛰고 땀이 나는 공포증 같은 생리학적 증세를 불러일으켰다. 일반 사람에게는 별 의미 없는 간지러움이 나에게는 나쁜 사람이 나를 추적하는 것 같은 반응을 보일 만큼 심각했다. 최근 연구에 의하면, 여성 호르몬이 신경계의 민감도를 변화시킬 수 있다고 한다. 요충으로 인한 간지러움에 대한 나의 지나친 반응은 아마 이런 이유에서 온 것 같다.

또한 최근 연구에 의하면, 어린 시절에 도움을 잘 받은 쥐는 그렇지 못한 쥐보다 중추 신경계를 자극하는 암페타민 주사의 반응에 판에 박은 행동을 덜 보였다. 아마 내가 어렸을 때 촉각 자극이나 꾹 눌러주는 자극을 잘 받았더라면 사춘기에 감각 과민 증상이 덜 일어났을 것이다.

다른 연구들은 아마도 노르아드레날린 조절에 이상이 있는 것이라고 한다. 노르아드레날린은 아드레날린과 같은 물질로 신경 충동을 자극하거나 대뇌에서의 각성을 일으킨다. 그 노르아드레날린 체계는 과다 생성이나 과소 생성 사이를 오간다.

G. L. 영과 그의 동료들이 쓴 글에 의하면, 과대 각성 반응의 체계적 단계는, 첫째, 사소한 자극에 대한 과잉 반응, 둘째, 자극에 대한 손상된 분별력과 평가력, 셋째, 불안감 엄습, 넷째, 비조직적 행동, 다섯째, 자극에 대한 회피, 특히 새로운 자극에 대해 자신 내부로 도피하기 등으

로 증명되었다.

자폐 어린이는 신경 자극 전달에 쓰이는 호르몬인 노르에피네프린을 많이 가지고 있다.

어떤 이유에서든 자폐인인 나는 과민 상태가 된 나의 신경계를 자극하지 않기 위해서 고정된 행동 패턴으로 반응했다. 사춘기에 나는 '무대 공포증'에서 벗어나려고 무척 노력했다. 불안정한 충동적 행동과 자극을 피하기 위해 나의 내적 세계로 도피하는 위축 행동 사이에서 방황했다. 너무 불안해서 학급에서 가는 현장 학습에 빠지려고 애쓴 적도 있다. 때로는 말을 타고 빨리 달리거나 신체 운동을 심하게 하면 이런 신경 발작이 일시적으로 줄기도 했다. 그러나 대부분의 경우 신경 발작 때문에 곧 죽을 것 같았다. 신경 발작을 이겨낼 수도 없었고 또 도피할 수도 없었다. 난 내가 이제까지 배우고 얻은 것들을 파괴하는 생리적 증상에 걸려 있었다.

문

열여섯 살이 되었을 때 나는 신경 발작에서 벗어나려고 안간힘을 썼다. 생리적 증상들이 매일 더 심해지는 것 같았다. 내가 읽은 다양한 연구 보고를 분석해 보면, 신경 발작, 즉 공포증은 나의 촉각과 청각을 통해서 들어오는 자극들이 신경계에서 지나친 반응을 보이기 때문에 나타나는 것 같다. 예일 대학에서 연구한 데니스 차니와 그의 동료들은 흥분된 신경을 통제하는 뇌의 체계에 장애가 있다고 믿었다. 오늘날 나는 과민한 감각 작용을 이해하고 그것이 어떻게 자폐 아동들에게 촉각 방어를 유발하는지 이해한다. 그러나 청소년기에 경험한 신경 발작은 깊은 바다 위에 걸쳐진 미끄러운 동아줄에 매달려 있는 것 같은 기분이었다.

우연히도 나는 신경 발작을 일시적으로 이완시키는 방법을 발견했다. 여름에 학교에서 유원지로 놀러 갔다. 그곳에서 놀이기구들을 타며 놀았는데, 그 중 하나가 회전통 타기였다. 큰 통에 사람이 들어가서 벽 쪽에 기대고 있으면 통 전체가 빙글빙글 돌아가게 만든 장치였다. 원심력에 의해 그 안에 탄 사람들을 통 벽쪽으로 밀어붙여 통의 바닥이 열려도 사람들이 떨어지지 않았다.

학급 친구들이 그것을 타는 것을 보면서 두려움을 느끼고 있었는데, 한 학생이 다가오더니 "템플! 어지럽지만 재미있어" 하면서 "너 두렵지? 아마 못 탈 걸!" 하고 말했다.

나는 겁에 질렸지만 도전하고 싶었다. 표를 사서 후들거리는 걸음으로 타는 곳으로 갔다. 내 심장이 입 속에 나와 있는 것만큼 두려워서 통 벽에 몸을 착 붙이고 기댔다. 시작하는 엔진 소리가 나의 등뼈에 찬물을 끼얹는 것 같았다. 회전통의 속도가 빨라지면서 나는 그 엔진 소리가 거인의 콧소리처럼 들렸다. 하늘의 푸른 빛, 구름의 하얀 빛, 태양의 노란 빛이 한꺼번에 뒤엉켜 도는 것 같았다. 사탕과자, 팝콘 등의 냄새들이 섞여 축제의 냄새가 났다. 나는 통 벽에 착 달라붙은 채 통바닥이 열리기를 기다렸다. 두려움이 입안을 타게 했고, 나는 그 두려움을 없애기 위해 있는 힘을 다해 통 벽에 몸을 붙였다. 바닥에서 소리가 나면서 통의 아랫부분이 열렸다. 그러나 나의 모든 감각들은 회전 자극에 사로잡혀 있었기 때문에 통의 아랫부분이 열리는 두려움을 느끼지 못했다. 회전통에서 나온 나는 안정감과 후련한 기분을 느꼈다.

회전통을 탄 뒤 모처럼 편안함이 찾아왔다. 나의 과잉반응 감각을 처음으로 즐기고, 두려운 신경계를 잘 통제하는 기분을 맛보며 회전통 타기를 반복했다. 과잉 행동아동에 대한 최근 연구는 일주일에 두 번 이런 아동들을 사무실 의자에 앉히고 빙글빙글 돌리며 몸의 전정 기관을 자극하면 그들의 과잉 행동이 저하된다는 사실을 밝혀냈다. 유원지에서 회전통 타기를 한 뒤 몇 주일 동안은 그것만 생각했다. 그 후 통제할 수 없는 신경 발작을 일으켰다. 나의 심장이 심하게 뛰었고, 그 증상을 내가 입은 스웨터 위로도 느낄 수 있었다. 사우나에 앉아 있는 것처럼 온몸에 땀이 났다. 두 손은 떨렸고, 목구멍에 둥그런 것이 붙어 있는 것처럼 느껴져서 무엇을 삼킬 수도 없었다. 다분히 자폐인적인 논리에 이끌려 내 머릿속에 한 가지 해결책이 떠올랐다. 그것은 학교에 회전통을 설치해야 한다는 생각이었다. 난 그 생각에 사로잡혀 이 기구를 설치해 달라고 학교 당국을 괴롭혔다. 어린 시절 내게 환상의 인물이었던 알프레드 코스텔로가 회전통에 대한 편지를 학교측에 보내는 것처럼 상상해서 썼다. 다음 글은 환상의 인물 알프레드가 쓴 편지다.

이 편지를 중요시하시오. 이것은 당신들이 도움을 받을 수 있는 유일한 희망이오. 당신의 학교에는 그림자 대표가 필요합니다. 그 대표는 템플 그랜딘이지요.

나는 그림자입니다. 마지막으로 내 충고를 따르시오. 당신 학교에 회전 원통을 세워야 할 때가 되었습니다. 너무 늦기 전에 나의 경고를 명심하시오. 회전 원통을 세우지 않으면 당신 학교는 영원히 잘못될 것입니다. 신비한 힘은 아무도 모르지만, 그 힘이 우리들의 행동을 통제합니다. 당신의 도움이 필요합니다. 회전 원통을 세우십시오. 그것만이 이 학교가 사라지지 않고 생존할 수 있는 길이 될 것입니다. 지금 이 순간 학교는 위험한 낭떠러지에 놓여 있습니다.

이 학교가 깊은 구렁에 떨어지면 당신뿐 아니라 학생들도 이 학교 땅을 벗어나려고 안간힘을 쓸 때까지 왜 그렇게 되었는지 전혀 모를 것입니다. 아마 아무도 이 학교를 벗어나서 도망갈 수는 없을 것입니다. 도망치려 하면 보이지 않는 어떤 힘의 장벽에 부딪히게 됩니다. 그래서 평생 동안 이 곳에 갇혀 있게 될 것입니다. 이것은 내가 당신들에게 주는 선의의 경고입니다. 더 늦기 전에 회전 원통을 세우시오. 회전 원통이 어떤 방법으로 당신 학교와 직원들이 현재 맞닥뜨리고 있는 신비한 힘을 막아낼지는 잘 모르겠습니다. 교장 선생님이신 피터 씨와 이야기해 보십시오. 아마 그는 미친 생각이라고 할 것입니다. 그러나 그의 차가 보이지 않는 힘에 의해서 다른 사람의 차와 부딪칠 때는 그 사실을 알게 될 것입니다. 제발 늦기 전에 꼭 생각해 보십시오. 이 그림자 대표의 말을 존중하십시오. 그것이 당신에게 도움이 될 것입니다. 알다시피 나는 이제 죽어 갑니다. 너무 늦기 전에 서두르십시오.

그림자 알프레드 코스텔로

너무 늦기 전에 서두르십시오!

며칠 후에 제2의 편지를 썼다.

그림자 대표에게

학교가 영원의 축으로 빠져들어 가는 것을 막기 위해 내가 내린 명령들을 따랐나요? 나의 충고를 무시하지 마시오. 너무 늦기 전에 회전 원통을 세우시오. 학교가 사라지고 당신이 학교 건물을 빠져나가려고 노력할 때까지는 어떤 일이 일어날지 아무도 모를 것이오. 아무도 힘의 장벽을 통과해 나갈 수 없을 것입니다. 그래서 마운틴 컨트리 학교는 영원히 여기에서 살도록 운명이 정해질 것입니다. 결코 바깥 세상과 함께할 수 없을 것입니다. 나의 말을 따르지 않는다면 어리석음의 희생자가 될 것입니다. 나의 경고를 잘 들으십시오. 그리고 회전 원통을 세우시오. 당신들은 내가 미쳤다고 생각할지 모르지만, 이 그림자는 모든 것을 알고 있지요. 이 편지 외에 그림자의 대표인 템플 그랜딘에게 한 장의 편지를 더 보낼 것입니다. 그것이 나의 마지막 경고가 될 것입니다.

너무 늦기 전에 제발…….

그림자 알프레드 코스텔로

그림자의 주소 달 2번지 은하수 2번지

내가 비록 거의 정신나간 상태였음에도 불구하고, 알프레드 코스텔로는 내 상상의 인물이었고, 어린 시절 읽었던 이야기에 등장한 인물인 것도 알았다. 지나친 불안으로 겁에 질린 나머지 그런 행동을 하게 된 것이었다. 내가 어른이 된 후에 그 편지들을 다시 읽어 보니, 내가 그것을 썼다고는 믿어지지 않았다. 그러나 그것은 분명히 내가 썼다. 당시 아직 어린아이였던 나는 그 편지에 충분한 내용을 담아내지 못했다. 그 이야기를 현실화하기 위해 큰 소리로 읽기도 했다. 이런 것들은 회전 원통에 대한 나의 고착증에서 나왔다. 애당초 학교에 그러한 놀이 기구를 설치해야 한다고 생각한 것이 잘못이었다. 그러나 나는 가능성만을 믿고 행동했다. 그 회전 원통을 학교에 가져오자는 아이디어를 적은 포스터를 기숙사 벽에다 붙이는 등 상당한 소동을 벌였다.

고착증은 나의 또 다른 이름이었다. 그 시절로 되돌아가 보면, 그 때 나의 행동은 암페타민을 먹은 쥐의 고착적 행동과 비슷했다. 연구들에 의하면 새끼 때 잘 키운 쥐들은 그렇지 못한 쥐들보다 암페타민 주사 반응에서 판에 박은 행동을 덜 보였다. 또 어미 쥐가 있는 곳으로 돌아간 쥐는 그렇지 못한 쥐보다 암페타민에서 오는 판에 박은 행동을 덜 했다. 그러나 나의 행동은 암페타민 주사에 의해서 인공적으로 자극된 것은 아니었지만, 신경 발작은 더욱 심해지고 빈번하게 일어나기 시작했다. 세상이 두렵고 통제할 수 없을 것 같았다. 매일같이 예측 불허였다. 나는 어떠한 구원을 갈구했지만 아무런 도움도 받지 못한 채 신체적 고통만 더해갔다. 그 고통이 나의 말, 행동, 인간 관계에도 그대로 나타났다.

그러던 어느 일요일, 학교의 규칙에 따라서 교회에 가서 앉아 있었다. 물론 지루하기 짝이 없었다. 목사가 설교를 시작할 때, 나는 자극이 없는 나의 내적 세계로 도피하곤 했다. 그 세계는 평화롭고 다채로웠다. 갑작스레 울린 커다란 노크 소리가 나를 내적 세계 밖으로 끌어냈다. 깜짝 놀라서 위를 쳐다보니 단상 위에 목사님이 서 있었다. "두드려라!" 그가 말했다. "그러면 열릴 것이다."

나는 이상하게 생각하면서 똑바로 앉았다. "내가 문이니 누구든지 나로 말미암아 들어가면 구원을 얻고……(요한복음 10 : 9)." 그 목사는 단상 옆으로 나와 청중을 향해 섰다.

"당신들 앞에 천국으로 들어가는 문이 있습니다. 그것을 열고 구원을 받으십시오." 그는 그렇게 말한 뒤 다시 단상으로 돌아갔다.

"찬송가 306장, 하느님의 축복이 있기를."

그 후 며칠 동안 나는 사랑과 환희가 열릴 수 있는 문을 찾았다. 옷장 문, 목욕탕 문, 앞문, 마구간 문 등 모든 문들을 열심히 관찰했으나 나의 기대에 어긋났다. 어느 날, 저녁을 먹고 숙소로 걸어가는 길에 기숙사 건물 확장 공사를 하고 있는 곳을 발견했다. 일꾼들은 그날 일을 마치고 돌아갔다. 나는 증축하는 곳을 두리번거렸다. 그 곳에는 사다리가 있었다. 그것을 본 순간 나는 책을 땅바닥에 내려놓고 사다리를 타고 4층으로 올라갔다. 작은 플랫폼이 4층 건물 밖으로 이어져 있는 것을 보고 그 곳으로 나갔다. 거기에 문이 있었다! 그 문은 작은 나무 문이었으며 지붕으로 통했다. 밖을 볼 수 있는 조그마한 전망대가 있어 그 곳으로 들어갔다. 그 방에는 바깥의 산들을 내다볼 수 있는 세 개의 창문이 있었다. 그 중 한 창문 앞에 서서 산 뒤에서 돋는 달을 바라보았다. 그 순간 어떤 위로감이 나를 감쌌다. 몇 달 만에 처음으로 현재의 평안함과 미래의 희망을 느꼈다. 사랑과 환희의 기쁨이 나를 감쌌다. 나는 그것을 찾았다! 천당으로 통하는 문, 갑자기 나의 마음에 있었던 여러 가지 생각들이 의미 있는 것처럼 보였다. 나는 정말 찾았다! 시각적 상징을! 내가 해야 할 것은 이 문을 통해서 걷는 것이었다. 그 때는 내가 시각적 사고자라는 것, 또는 추상적 생각을 구체적인 상징을 통해 한다는 것을 알지 못했다.

사다리를 내려올 때는 이미 어두운 밤이었고, 나는 이제 예전의 내가 아닌, 즉 구원받은 사람이 되어 걸어나왔다. 나는 운명의 문을 찾았다고 느꼈다. 그 날 밤 일기에 다음과 같이 썼다.

그 까마귀 둥지는 성스러운 곳이다. 그 곳에서 나는 자연의 아름다움에 감사했다. 까마귀 둥지의 창을 통해 바깥 세상을 볼 때 나는 무엇인가 큰 힘을 얻는다. 나의 공포를 이겨내야 하고 또 그것이 나의 앞길을 막지 않도록 해야 한다.

그 후 몇 달 동안 목수들이 까마귀 둥지라고 부르는 작은 방에 이따금 가곤 했다. 이 작은 방에 들어가면 내 마음이 가라앉고 많은 생각이 떠오르면서 나 자신을 발견하는 것처럼 느껴졌다. 까마귀 둥지에서의 조용한 시간에 나는 어린 시절 당시의 혼란, 사람들과 의사소통을 하려는 노력, 갈등 들을 생각했다.

'이제 10대 소녀로서 의사소통을 잘할 수 있어야 하는데, 오히려 다른 사람과의 오해의 골이 더욱더 깊어가기만 한다. 나는 자폐인이고 우리 부모는 자폐인이 아니기 때문일까? 우리 부모는 나의 논리를 이해하지 못하고 시각적 사고자인 나는 그들을 이해하지 못하는 탓인가? 모든 사람들의 사춘기에 일어나는 것처럼 부모가 자녀를 이해하지 못하는 것일까? 사랑의 다리가 이러한 장벽을 이을 수 있을까?'

몇 번이고 나는 그 까마귀 둥지로 빨려들어갔다. 내가 거기에 있을 때에는 나 자신에 관한 문제를 알아낼 것만 같았다. 사실 그랬다. 회전 원통처럼 나도 빠른 변동을 가진 사람인 것을 알았다. 지금까지 어머니가 내게 말하려고 했던 것이 무엇인지를 깨달았다. 모든 사람은 각자의 문을 찾아야 하고 스스로 그 문을 열어야 한다. 아무도 그것을 해줄 수 없다. 지붕으로 통하는 그 작은 나무 문은 나의 미래와 바깥 세상을 상징했다. 나는 그 문을 통해서 걸어나가야 했다.

까마귀 둥지를 발견한 지 1년 후, 나는 그 작은 전망실에 서서 창문 밖을 내다보았다. 밤하늘의 별들이 반짝였고 나에게 좀더 가까이 오라고 손짓하는 듯했다. 그 작은 문을 열고 밖으로 나가서는 안 된다는 것을 알면서도, 밤하늘과 미지의 세계에 대한 아름다움에 빨려들었다. 그 문의 빗장을 내리고 문을 열었다. 바깥 바람이 나에게는 밖으로 나오라는 노랫소리처럼 들렸다. 나는 밖을 쳐다보면서 안에 서 있었다. 한참 생각한 후에 문을 활짝 열고 바깥 공기를 껴안으며 지붕 위로 발을 내딛었다. 그리고 새로운 삶을 향해 걸었고, 영적으로 그 낡은 문을 통해 다시 돌아가지 않으려 했다.

나는 과거로 돌아가지 않았다. 그러나 까마귀 둥지를 찾아가는 사실이 탄로난 후 학교 정신과 의사의 상담을 받아야 했다. 나의 정신과 영혼의 깨침을 경험했다. 어느 누구도, 정신과 의사라도, 내가 발견한 그 귀중한 보물을 빼앗아 가지는 못할 것이다. 그 정신과 의사는 환자들을 통제하는 일반적인 방법으로 나에게 접근했는데 나는 그것을 거부했다. 그가 "템플, 그 까마귀 둥지에 가서는 안 된다는 것을 알고 있지 않니? 그것은 학교 규칙에 어긋난다. 위험할 뿐 아니라 옳지 않은 짓이다"라고 말했다.

"나한테는 안 그래요."

"템플, 그러면 그 곳에서 뭘 하니?"

"나에 대해서, 나의 삶에 대해서, 나의 신에 대해서 생각해요."

정신과 의사는 웃었다.

"너는 뱃사람의 부인이 지붕 위 발코니에 올라가 돌아오지 않는 배를 바라보고 있는 것처럼 행동하는구나. 그러나 뱃사공은 결코 돌아오지 않지. 그 곳에 다시는 가지 않겠다고 약속해라."

나는 대답하지 않았다. 그리고 그의 충고를 듣지 않고 계속 까마귀 둥지에 갔다. 이제 나는 나와 나의 삶과 신에 대해 생각하러 그 곳에 가기보다는 비밀리에 빠져나가는 스릴과 사다리를 타는 기쁨과 학교 규칙을 어기는 재미 때문에 갔다.

규율을 무시하는 행동을 아직도 버리지 못했다. 까마귀 둥지에서 나는 학교 규칙과 권위에 대해서 생각했다. 내가 그 나무 문을 통해서 밖으로 나오면 나는 학교의 권위를 벗어난 것이다. 내가 그 문을 벗어나면 나는 인간의 권위, 즉 규칙과 규율에서 벗어나고 나 자신, 삶, 그리고 선택의 자유를 느꼈다. 내가 알아차린 것은 그 문을 넘어서도 권위가 있는데, 그것은 바로 나 자신의 권위라는 것이었다.

마음 속으로는 많은 평화를 누렸지만 아직도 학급에서는 문제가 있었다. 나의 성적은 통탄할 정도였다. 그보다 더 나쁜 것은 내가 학교 성적에 신경을 쓰지 않는다는 것이었다. 학교는 한없이 지루하고 또 지루했다. 심리학 담당인 브룩스 선생이 내 삶 속에 들어올 때까지는 그랬다. 그 선생은 동물의 행동에 대해서 말했다. 동물을 좋아했던 나는 브룩스 선생의 동물 이야기에 매혹되었다. 다른 수업 시간에 그 선생은 사다리 모양의 창문이나 비뚤어진 방에 대한 환상과 같은 시각적 환상에 관한 영화를 보여주었다. 그는 비뚤어진 방이 사람의 눈을 속이는 방식으로 만들어졌다고 했다. 키가 같은 두 사람이 비뚤어진 방 양 끝에 서 있으면 한 사람이 다른 사람보다 더 크게 보인다. 브룩스 선생은 "이런 방을 만들 수 있겠니? 만드는 법은 말해주지 않겠다. 네가 어떻게 해낼지 보고 싶구나" 하고 말했다.

그 비뚤어진 방의 해결책이 나의 새로운 집착 대상이 되었다. 그 후 6개월 동안 나는 두꺼운 상자 종이로 그 방을 만들려고 노력했다. 적어도 나의 집착이 건설적인 방향으로 나아갔고 과학에 대한 흥미를 불러일으켰다. 비뚤어진 방의 퍼즐을 풀기 위해 집착하면서 지루하게 느껴졌던 과목들에 관심을 갖기 시작했다. 그 과목들을 통해 혹시 흥미로운 내용을 찾을까 해서였다.

나는 말 타기, 스키 타기, 말 전시회 등에 참석하는 기회를 가졌다. 학교 연극 공연에 필요한 의상을 만들기에 열심이었고, 새 집을 짓는 일꾼을 돕기도 했다. 나는 지붕 기와를 잘 놓았으며 그것을 자랑스럽게 생각했다. 특히 자랑스러웠던 것은 둥그런 지붕이나 지붕 가장자리의 가장 어려운 부분에 기와를 놓을 수 있다는 점이었다. 그러나 아직도 다른 학생들과 잘 어울리지 못했다. 그들은 나를 '뼈다귀', '일하는 말', 혹은 '녹음기'라고 부르면서 놀렸고, 그것이 나를 괴롭혔다.

상대방과의 의사소통이 계속적으로 문제가 되었다. 내 목소리는 조금 거칠고 딱딱했다. 내 머릿속에는 생각들로 꽉 차 있었지만 단어들이 생각과 맞지 않았다.

다른 사람들과 같은 속도로 말을 할 수 없었고, 목소리는 내가 생각하는 것보다 더 거칠게 나왔다. 하지만 생각을 글로 쓸 수 있어서, 까마귀 둥지를 방문하는 동안 느끼는 기분들을 적곤 했다.

그 작은 나무 문은 나에게 중요한 상징이었고, 많은 것을 그것을 통해 다루었다. 지금 돌이켜보면 그 상징의 문이 내가 고등학교를 졸업할 수 있게 했고 나를 성장시켰다. 문을 넘어선 미지의 세계는 내가 고등학교를 졸업하고 나가는 미지의 세계와 유사했다. 자폐인도 다른 10대들과 마찬가지로 고등학교 졸업 후에 무슨 일을 할 것인가에 대해 고민했다.

마술적 장치

고등학교를 졸업할 수 있게 된 데는 나를 이해하고 돌봐준 몇몇 사람의 도움이 컸다. 그들의 도움이 없었더라면 아마도 정신 지체인 학교에 남아 있었을 것이다. 아버지는 이렇게 말했다.

"음, 음. 템플이 모든 과목에서 전부 실패했소. 현실을 똑바로 봐야 해. 아마 그 애는 정신 지체인 학교에 가야 하지 않을까?"

그러나 어머니는 항상 내 편에 서 있었다. 심리 교사 브룩스 씨는 비뚤어진 방의 퍼즐로 나를 도전하게 했고, 그것이 학습에 흥미를 갖도록 이끌었다.

두 번째로 훌륭한 교사는 칼록 선생이었는데, 그 분은 나의 구세주였다. 칼록 선생은 나에게 붙은 명칭을 보지 않고 잠재한 능력만을 보았다. 교장 선생님은 내가 공업 학교를 마칠 수 있을까 의심했지만, 칼록 선생은 학생의 장점을 키우는 것이 교육이라고 했다. 그는 나의 고착성을 건설적인 프로젝트에 쓰게 했다. 그는 자기의 세계로 나를 끌어넣지 않고 그가 나의 세계로 들어왔다.

칼록 선생은 내가 나의 수준에서 나를 이해해 주기를 원하는 것을 알아차렸다. 나는 그를 완전히 믿었다. 그는 비뚤어진 방의 개념을 이렇게 설명했다.

"모든 사물들은 보이는 것만이 전부는 아니다."

이 말의 뜻이 잘 이해되지 않아 나는 화가 났다. 왜냐하면 자폐인의 논리인 흑백을 가리는 사고에 맞지 않았고, 나는 알쏭달쏭한 것을 이해하거나 참을 수 없었기 때문이다. 내가 본 것이 바로 내가 이해하는 것이었다. 나의 의견에는 융통성이 없었다. 학교 활동에서 이따금 괴상한 행동을 보이거나 거친 태도를 보이곤 했다. 그럴 때 칼록 선생은 설교하지 않고 내가 노력하거나 따라가야 할 사회적 행동을 그의 행동을 통해 보여주었다. 자폐증 때문에 결핍된 사회성을 나는 그를 통해서 배웠다.

칼록 선생은 상징적인 나의 사고 방식이 철학 개념과 통한다는 것을 파악한 후 철학책 몇 권을 읽으라고 주었다. 어느 날 그가 말했다.

"템플, 네 목소리의 어조가 많이 좋아졌어. 이제는 단조롭지 않아."

'단조롭지 않다고?'

나는 며칠 동안 그 말을 되새기며 왜 그럴까 하고 생각했다. 사회적인 인식을 잘하게 될수록 내 어조가 향상되어감을 알게 되었다. 그럴수록 세상에 대한 방어도 조금씩 줄어들 것이라 생각했다.

몇 년 후, 내 말이 여전히 비정상적임을 알고 충격을 받았다. 때때로 내가 단조로운 어조로 말하고 또 더듬거리는 경우가 많음을 알아채지 못했다. 자랄 때 나는 심리 치료를 받는 대신 좀더 언어 치료를 받았어야 했다. 녹음기를 가지고 말 연습을 하거나 들어 보면서 언어를 발전시키는 것이 내 마음 속 깊은 곳에 숨어 있는 비밀을 찾아내려고 노력했던 심리 치료보다 훨씬 더 나의 사회 생활에 도움이 되었을 것이다. 심리학자들이 내게 숨어 있는 '본능적 충동의 원천'에 대해 걱정하는 대신, 언어 문제에 대해 좀더 조언을 해주었더라면 좋았을 것이다. 때로 사람들이 나와 이야기하기를 꺼렸는데, 당시는 왜 그랬는지 잘 몰랐다.

칼록 선생은 나의 선생이자 친구이며 신뢰자였다. 같은 반의 한 친구가 이렇게 말했다.

"템플, 남자아이들은 너를 싫어해. 너는 성적 매력이 없거든."

나는 울면서 칼록 선생 앞에서 그 말을 했다.

칼록 선생은 걱정하지 말라는 말도 하지 않았고 웃지도 않았다. 그는 "템플, 너는 재능을 타고난 사람이야. 성적인 매력이 있는 사람보다 더 훌륭하지. 네가 성인이 되면 신체적인 매력뿐만 아니라 지적인 재능도 갖게 될 거다" 하고 말했다.

그 날 칼록 선생의 방을 나오면서 나의 가치에 대해서 재확인했다. 칼록 선생과 다른 헌신적인 선생님들, 그리고 나에 대한 어머니의 믿음 덕에 난 공부를 하기 시작했다. 많은 과목에서 성적을 올려야 했다. 그러나 그 무엇보다 내 일생 처음으로 학교에서 성공하고 싶은 마음이 생겼다. 다시 말하면 학교 공부를 잘하고 싶었다. 나에게 보여준 칼록 선생의 관심은 나의 노력에 동기를 부여해 주었다.

자폐증 연구로 유명한 캐너 씨는 96명의 자폐 아동을 대상으로 오랜 연구를 했다. 그 연구 중에 성공한 열한 명의 자폐 성인들은 청소년기에 자발적인 동기 유발이 있었다고 보고했다. 그는 '다른 일반 자폐 아동들과 달리 성공적인 자폐인들은 자신들의 특이함을 알고 그것을 이겨내기 위해서 청소년기부터 많은 노력을 하기 시작했다' 고 썼다. 칼록 선생은 내가 변화를 시도하려는 단계에 있고, 또 그 자신의 배려가 나를 발전시켰음을 깨달았다.

고등학교 2학년 여름 방학 때 애리조나 주에 있는 앤 이모의 농장을 방문했다. 이모는 나를 많이 도와주었다. 어머니가 여름 방학 동안에 이모와 같이 지내면 어떨까 하고 말했을 때 나는 가기 싫었다. 학교 기숙사 생활을 할 때 주말에 집에 갔던 것 외에는 학교를 멀리 떠난 적이 없었다. 그것이 표준적인 나의 생활이었다. 피터 교장 선생님은 통제되고 변화가 적은 환경이 유리할 뿐 아니라 필수적이라고 생각했다. 농장에 간다는 것은 새로운 환경에 적응해야 한다는 뜻이었고, 여러 사람, 다른 장소, 어려운 문제에 맞닥뜨려야 하는 상황이 나의 신경 발작을 일으킬 수 있었다.

신경 문제를 이겨내는 데는 두 가지 방법이 있다. 나의 내적 세계로 들어가서 주위에서 오는 모든 자극을 최소화하거나, 불에는 불로써 싸우는 것, 즉 가장 자극적인 활동을 찾아서 그것을 해버리는 것이다. 회전 원통을 탈 때 생기는 무서운 과잉 자극이 나의 신경을 이완시키는 데 도움이 되었던 것처럼 말이다. 회전 원통의 강한 원심력은 전정 기관이나 감각 기관의 자극을 피하려는 나의 경향을 능가했다. 결국 나는 거부할 방법이 없었던 것이다. 그 결과, 나는 짧은 시간 동안 평화를 맛보았다. 농장에는 유원지의 회전 원통만큼 나를 자극하는 것은 없을 것이다. 그러나 내가 탈 수 있는 말과 고된 육체 노동이 있을지도 몰랐다.

이모의 농장에 가 있을 때 나는 '에임스의 비뚤어진 방' Ames' Distorted Room에 대해서 이모에게 끊임없이 이야기 했다. 나는 그 방이 어떤 각도에서 지어졌고, 내가 그 퍼즐을 풀기 위해 무척 노력했으며, 결국 브룩스 선생이 그 방의 도면이 있는 책을 줘서 퍼즐을 풀었다는 이야기를 여러 번 이모에게 했다. 내가 만든 종이 모델로 퍼즐을 풀지는 못했지만 만들 때마다 항상 그 답에 가까웠다. 선생이 보여준 도면을 연구한 후 비뚤어진 방을 합판으로 만들었다. 이러한 나의 끊임없는 노력과 궁극적 성공에 대해서 이모에게 반복해서 이야기했다. 이모는 매우 친절하게 인내심을 가지고 나의 고착적인 이야기를 잠자코 들어주었다. 분명히 그 때 이모는 나의 반복적인 이야기를 듣느라 지겨웠을 것이다.

이모도 브룩스 선생처럼 나의 고착성을 좀더 건설적인 방향으로 바꾸려고 노력했다. 이모는 나에게 펌프 창고의 지붕을 새로 짓거나, 울타리를 고치는 일을 도와달라고 했다. 또 가축에게 도장을 찍거나 예방 주사를 놓거나 거세할 때 사용하는 기구인 압박기를 사용해 보라고 제안했다.

육체 노동을 하는 것이 나의 신경 발작을 감소시켰다. 나는 가축 압박기의 기능에 매혹되었다. 가축이 이 기구에 끌려 들어가서 머리를 수문 밖으로 내놓는다. 이 기구는 서부 개척 시대에 죄인에게 벌을 주기 위해 사용했던 기구와 유사하다. 가축 압박기는 양쪽에 철과 나무로 된 양 판이 있고, 그 판들은 'V' 자 모양으로 바닥에 붙어 있었다. 가축이 들어가면 머리를 수문 밖으로 내놓게 한 뒤 압박기의 조작자가 줄을 잡아당긴다. 이 줄은 양 판을 끌어내려 안에 있는 가축의 양 면을 누르게 한다.

이 때 양 면에서 주는 압력은 그 안에 들어간 가축이 뛰거나 밑으로 빠지거나 수문에 목이 조이지 않도록 방지하는 것이다. 나는 압박기로 끌려 들어가는 가축들의 눈을 바라보았다. 그 눈빛은 한결같이 불안과 두려움에 떨고 있었다. 기구에 들어간 지 몇 분 후에 압박기의 양쪽 판이 가축을 누르면 불안한 눈빛이 순해진다. 왜 그럴까? 그 부드러운 압력이 소의 자극받은 신경을 편안하게 하거나 이완시키는 게 아닐까? 그렇다면 나 또한 부드러운 압력의 도움을 받을 수 있지 않을까?

압박기의 부드러운 압력은 소의 자극받은 신경을 이완시켰다.
편안한 눈빛으로 변해가는 소를 보면서 점점 압박기의 기능에 매혹되기 시작했다.

두려워하는 가축들이 압박기에 갇히고 양쪽의 판이 부드럽게 누른 뒤에 안정을 되찾는 과정을 오랫동안 관찰했다. 그래서 나는 그 압박기에 들어가 보고 싶다고 이모에게 말했다. 부드러운 압력이 소를 안정시켰듯이 나도 도와줄 것이라 느꼈다. 먼저 나의 손과 무릎을 바닥에 대고 엎드린 후 머리의 높이에 맞게 수문을 조정했다. 그런 뒤 압박기 안으로 기어들어갔다. 이모가 압박기의 앞쪽 판을 끌어올리는 줄을 잡아당겼다. 곧바로 나는 몸에 가해지는 양쪽 판의 압력을 느꼈다. 보통 때 같으면 그런 압력은 이상하게 나를 잡아끄는 것 같아 위축되었을 것이다. 그러나 가축 압박기 속에서 나는 위축되지 않았다. 압박기의 문이 열릴 때까지 그 압력을 전혀 피해 나갈 수 없어서 위축도 일어나지 않았기 때문이다.

압박기 사용의 효과는 자극을 줌과 동시에 이완시켜 주는 것이었다. 자폐인인 나에게 가장 중요한 것은 지나친 사랑을 표시하는 친척의 행동에 자신이 삼켜지는 기분과는 달리, 내가 참을 수 있는 압력의 양을 통제하는 것이다. 내가 편안할 정도의 압력을 받아들일 수 있을 때까지 이모에게 줄을 당기라고 지시할 수 있었다. 그 압박기는 나의 신경 발작에 이완 작용을 했다. 사실, 나는 그것에 집착하게 되었다.

여름 방학이 끝난 뒤 이모는 어머니에게 다음과 같은 편지를 썼다.

언니가 알다시피 나는 두려움과 기대를 가지고 템플이 우리 농장에 오기를 기다렸지요. 템플은 어떤 생각에 사로잡히면 그 생각에서 벗어나기 싫어한다는 말을 언니가 했죠. 또 규칙이나 규율이 너무 까다로우면 격한 성질을 보인다고 했지요. 그러나 이성이나 상식의 범위를 벗어난 특별한 규율을 세우지 않았기 때문에 템플이 성질을 내는 일은 결코 보지 못했어요. 언니가 말했듯이 템플은 손재주가 아주 훌륭했지요. 나는 손재주도 없고 농장의 많은 일들을 해야 하는 상황이었는데 템플이 있어서 상당히 운이 좋았어요. 그 애가 기꺼이 일들을 도왔지요. 시장에 가서 가죽과 은장식들을 샀어요. 템플이 그걸 가지고 은이 박힌 고삐를 만들었어요. 우리 아이들이 집에서 말 전시회를 하기 원했지요. 템플은 두려워하지 않고 자신 있게 서커스에서처럼 곡마단장과 심판관 역할을 했어요. 우리는 가축들이 도망가지 못하도록 막을 도랑의 문이 절실히 필요했어요. 사람이 차 밖으로 나와서 닫지 않아도 되는 문 말이에요. 템플이 성냥과 실을 사용해서 면적과 무게를 잘 알아낸 후 그 문의 모델을 만들었지요. 마침내 차에서 줄을 끌면 문이 열리는 장치를 만들었어요. 그것은 줄을 잡아당기면 문이 열리고 차가 지나간 후에는 문이 닫힌

부드러운 압력이 소를 안정시켰듯 나도 도와줄 것이라 믿으며 압박기 안으로 기어들어갔다.
손과 무릎을 바닥에 대고 엎드린 후 머리 높이에 맞게 문을 조정했다.

답니다.

템플의 또 다른 면은, 위에서 말했듯이 하나의 과제에 몰두하면 거기에서 빠져나오지 못하는 겁니다. 템플은 상징들을 이용해요. 그 애의 두려움과 좌절을 대치할 상징을 찾으면 그것에서 빠져나오지 못해요. 새로운 노력과 새로운 분야로 나아간다는 의미를 상징하는 '문', 그 문에 대해 숱하게 들어서 이제는 외울 정도예요. 몇 번은 그 애가 이야기하는 도중에 내가 끼어들었죠. 템플은 내가 이야기할 기회를 주어요. 그리고 내 말이 끝나면 멈추었던 부분으로 돌아가서 다시 이야기를 시작하죠. 그래요. 사실, 이렇게 똑같은 이야기를 계속 듣는 것은 괴로운 일이지요. 그러나 템플은 기본적으로 현명하고 영리하며 우리의 어떤 문제든 도우려고 하기 때문에 그 애의 이야기를 듣는 것은 그 아이의 수고에 비하면 아무것도 아니지요. 내가 저번에 말했듯이 가축 압박기는 두 가지의 상반되는 욕구를 조화시키는 상징이에요. 즉, 촉각적 위축을 받아들이고 즐기는 것과 다른 사람들의 포옹에서 오는 역겨움을 받지 않는 것이죠. 나는 템플에게 압박기에 집착하는 이유를 이해할 수 없다고 말했지요. 사실, 어떤 순간에는 템플이 압박기에 들어가 있는 동안 내가 어쩔 줄 모르는 기분이 들기도 해요. 템플이 좋은 기분을 경험하고 있을 때 농장에서 일하는 사람이 지금 뭐 하는 거냐고 물으면 어떻게 대답해야 할지 항상 조마조마하지요. 템플이 느끼는 황홀함을 이해하든 못 하든, 압박기는 템플에게 어떤 면에서는 중요한 것 같아요. 그것이 그 애 자신의 문제에 대한 해답을 줄 수 있는 유일한 상징일 수 있다는 말이죠. 이러한 이유에서 나는 그것을 사용하도록 내버려두었어요. 나중에 템플이 기계와 비슷한 장치를 만들면 좋겠어요. 건전하지 못한 것이라고 할지라도 그것이 템플 특유의 생각으로 그 애의 특수 문제를 해결할 수 있는 유일한 방법이라고 생각해요.

비록 조그마한 부분일지라도 그 애의 좋은 머릿속에 들어 있는 생각을 건설적인 일에 이용할 수 있게 되어 무척 자랑스러워요. 기쁜 마음으로 "그럴 줄 알았어" 하고 말할 수 있는 때가 반드시 올 거라고 믿어요.

동생 앤 브레첸

방학이 끝나고 학교로 돌아온 후에도 나의 생각은 압박기에 고착되어 있었다. 칼록 선생은 나의 그 고착성을 건설적인 작품을 만드는 쪽으로 지도했다. 그의 충고에 따라 나는 압박기와 유사한 장치를 나뭇조각으로 만들었다. 나의 압박기 제작은 심리 교사를 걱정스럽게 했다. 그는 "음, 템플, 네가 만드는 것이 자궁이나 관의 상징이 아닌지 의심스럽구나" 하며 웃었다.

"두 가지 다 아네요." 나는 말했다.

그는 의자를 바꾸어 놓으며 목소리를 가다듬었다. 그리고 비밀 이야기를 할 것처럼 몸을 의자에서 책상 앞으로 쑥 내밀면서 "우리 자신이 무엇인지에 대해 문제가 있는 건 아니겠지? 즉, 우리가 소와 같은 가축이라고 생각하지는 않겠지?" 하고 물었다.

"어떻게 정신이 돌았나요? 나는 내가 소와 같은 가축이라고 생각하지 않는데, 선생님은 자신이 소라고 생각하세요?" 이 말은 그를 화나게 했다.

"템플! 너는 마운틴 컨트리 학교에서 괴상한 짓을 하곤 했지. 교사들이 너를 동정하고 이해하려고 많은 노력을 했다. 하지만 압박기는 너무 괴상망측하다. 내가 네 어머니에게 내 생각을 이야기할 수밖에 없겠다."

정신과에서도 내가 만드는 프로젝트가 이상하고 병적이어서 그것을 사용하면 안 된다고 생각했다. 그들은 그 프로젝트를 없애려 했다. 그러면 나는 또 신경 발작을 일으킬 것 같았다. 학교 당국은 압박기를 사용하는 것이 오히려 나를 해롭게 한다고 어머니를 설득했다. 그 사건은 엄마와 내가 불화를 일으키게 된 원인이 되었고, 그 압박기가 나를 편하게 하면 다른 사람들에게도 같은 영향을 줄 것이라는 것을 증명하도록 나를 부추겼다. 이것은 나의 괴상한 생각에서 나온 것이 아닌 실제적인 것이었다.

내 일상에서 처음으로 나는 학습의 의미를 느꼈고 학습의 진정한 이유가 무엇인지를 알았다. 가축 압박기의 압력이 어떻게 놀란 소를 진정시키고 나의 신경을 안정시키는가? 나는 이 사실을 증명해야 했다.

까마귀 둥지에 앉아서 가끔 이 질문과 나의 운명에 대해 생각했다. 내 앞에 놓여 있는 미래가 무엇이든 그것은 작은 나무 문을 통해서 나가는 것이어야 한다는 것을 알았다. 구제, 환희, 그리고 행복의 상징인 그 문, 문, 문…… 그것을 넘어서야만 내가 만들어지는 것이다. 다른 사람이 나 자신과 내 생각을 믿도록 하기 전에 내가 나 자신을 믿어야 했다. 나는 성性에 대해 두려움이 많았다. 그런 두려움을 없애려고 노력했고, 그러한 것들이 존재하지 않는다고 가장했지만, 그것은 항상 내 마음 속에 있었다.

압박기에 있을 때 나는 즐거운 기분을 느꼈고, 사랑에 대해서도 생각했다. 어렸을 때 나는 약 1미터 넓이와 높이를 가진 비좁은 방을 갖게 되길 염원했었다. 궁극적으로 내가 만든 압박기는 아동기의 꿈이었던 비좁은 방이었다. 때로는 그 압박기가 나를 압도할 것 같아 두려웠고, 그것 없이는 살 수 없을까 봐 두려웠다. 그러다가 압박기는 주워 모은 합판으로 만든 하나의 기구에 불과하다는 것을 알았다. 그것은 내 마음의 산물이었다. 압박기 안에서 내가 느끼는 기분이나 생각은 그 기구 밖에서 느끼는 것과 같았다. 생각들은 내 마음의 창조물이지, 압박기의 창조물은 아니었다. 그 안에 있을 때 나는 어머니, 피터 선생, 브룩스 선생, 칼록 선생, 그리고 이모를 아주 가깝게 느꼈다. 비록 압박기는 하나의 기계 장치에 불과했지만 촉각 방어에 대한 나의 장벽을 없애주고 가까운 사람들의 사랑과 관심을 느끼게 했으며, 또 나 자신이나 타인에 대한 감정을 표현할 수 있게 했다. 어디엔가 숨어 있던 나의 감정이 펼쳐지는 것 같았다.

그 장치를 처음 만들었을 때 그것은 이모네 농장에 있던 것과 비슷했다. 내가 압박기 안에 들어가면 다른 사람이 그것을 조작했다. 그러나 이러한 방법이 학교에서 허락되지 않아 나는 내가 장치를 잠그고 열 수 있게 바꾸었다. 압박기는 내 감정을 표현할 수 있는 힘을 줄 뿐만 아니라, 나를 위로하고 보상하는 도구로도 사용되었다. 그래서 내가 숙제를 마칠 때까지는 나 자신을 위해서 그 장치의 압박이나 이완을 사용하지 않았다.

마침내 많은 문 가운데 첫 번째 문을 걸어나오는 날이 돌아왔다. 졸업식 날이었다! 나는 그 날 여러 연설 중 하나를 하도록 부탁 받았다.

졸업식 연설

사람의 일생 중에서 어린 시절을 지나 독립적인 존재가 되기 위해 하나의 문을 걸어나가야 할 때가 있습니다. 3년 전 나는 처음으로 나의 미래에 대해 눈을 떴습니다. 우리 학교의 새로 지은 기숙사 4층 창문으로 학교 밖을 내다볼 수 있고, 세 개의 창문이 달려 있는 조그마한 방, 까마귀 둥지라고 알려진 방이 있지요. 어느 날 밤, 저녁을 먹고 돌아오다 사다리가 그 방 쪽으로 놓여 있는 것을 보고 그것을 타고 올라가서 그 전망대로 들어갔어요. 고드름이 창살 가득히 달려 있는 창문을 통해 눈이 오고 바람 부는 밤을 지켜보았지요. 거기서 내 내면의 고독한 생각을 할 수 있었고, 나 자신이 평화로워질 수 있는 장소라고 생각했어요. 바로 그 곳에서 이 학교를 떠난 후의 내 미래에 대해 생각하기 시작했지요. 지붕으로 통하는 조그마한 나무 문은 내가 한 걸음 미래로 나아가는 것을 상징했어요. 그 문을 통해 지붕으로 걸어나갈 때 내가 나 자신의 권위임을 알았습니다.

그 작은 문을 통해서 나가려면 내 앞에 놓여 있는 도전과 책임들을 충분히 이겨낼 수 있는 힘이 있어야만 합니다. 또 사람은 자신과 타인에 대한 신념을 가져야만 합니다. 한 사람이 다른 사람을 믿어야 할 때가 많이 있습니다. 신념은 두려움을 극복하기 때문에 두려움과 걱정 없이 여러 상황에 부딪쳐야만 합니다.

애리조나 이모 농장에서 일을 하면서 자연의 현실에 부딪쳤으며, 내가 이미 그 작은 문을 통과했다는 것을 느꼈습니다. 농장에서 나는 나 자신의 권위였습니다. 이것이 내가 그 작은 문을 통해서 걸어나간 이유입니다. 안으로 들어가면 완전히 무력해지고 도피할 수도 없게 되는 가축 압박기에 나를 들어가게 해달라고 이모에게 부탁했습니다. 이모를 완전히 신뢰하기 때문에 그 곳에 나를 남겨두고 떠날 거라고 생각하지 않았습니다. 나는 압박기의 조그마한 통로를 걸어들어갈 때 압박기가 줄 압력을 회피하고 싶은 마음이 들었습니다. 그러나 침착하게 걸어가야 한다고 생각했고, 쇠멍에가 내 목 가까이 왔을 때 소리 지르거나 반항하지 않았습니다. 그 작은 문의 문턱에서 도망칠 수 없다는 사실을 직시해야 한다는 것을 알았습니다. 가축 압박기에 가볍게 들어갔고 쇠기둥이 나를 꽉 붙잡기 전에 뛰쳐나가고 싶은 두려운 충동을 느꼈습니다. 그러나 나는 나 자신을 통제했으며 양쪽에 있는 판을 두드리지도 않았습니다. 내가 나가겠다고 침착하고 조용하게 이야기했을 때 이모는 압축 패널을 풀었고 나는 자유로워졌습니다. 그 해 초 나는 어떠한 것으로부터 가치 있는 것을 만들어 내려면 그 사람의 에너지를 적어도 어느 정도는 써야 한다는 것을 알았습니다. 에너지는 더욱더 많은 에너지를 만들어 내는 요인이 됩니다. 그 문을 통해서 나간다는 상징성이 내 성적을 끌어올리는 요인이 되었습니다. 그래서 열심히 공부를 했습니다. 그 문은 학교를 졸업하기 위해 성적을 목표에 도달하게 하는 첫 단계였습니다. 졸업하는 것은 하늘로 통하는 문의 사다리를 밟아 올라가는 것과 같았습니다. 좋은 성적은 모두 사다리의 높은 곳을 향한 발판이었습니다. 기숙사 본관 옆에 있는 4층 문에 사다리를 타고 올라가는 것에 비유할 수 있습니다. 사다리 바로 밑에 서서 언제 그 끝에 다다를까 생각했습니다. 그러나 천천히 한 발짝 한 발짝 확실하게 발판을 밟고 올라가라고 나 자신에게 말했습니다. 그래서 그 문에 도달할 수 있게 말입니다. 그 문 앞에 섰을 때 나는 내가 해낼 수 있었다는 것을 알았습니다. 내가 졸업할 수 있다는 것을 알았습니다.

오늘 나는 사다리 꼭대기에 서 있고 내 미래의 문을 통해서 나갈 때가 되었습니다. 그 어느 때보다도 내 가슴 속에 친절함과 사랑을 느낍니다. 나를 도와 이 자리까지 이끌어주신 교장 선생님께 나의 호의와 사랑을 드립니다. 또 다음 사다리 꼭대기로 올라갈 때 나를 도와줄 사람에게도 고마워할 것이고 그들을 기억할 것입니다. 상징적 문을 통과할 때 아름다운 노랫가사가 생각났습니다. 너는 결코 혼자 걸어가지 않을 것이라는 가사가.

오늘 나는 그 어느 때보다도 마운틴 컨트리 학교에서 혼자가 아니었다고 느낍니다. 학교 선생님들과 가족과 친구들에게 커다란 고마움을 표시합니다.

1966년 6월 12일

작은 문을 통해서

마운틴 컨트리 고등학교를 졸업한 뒤 나는 애리조나 농장에 있는 이모네 집을 다시 방문했다. 이번에는 그 곳에 가는 것이 아주 편하고 긴장되지 않았다. 익숙한 장소이고 아는 사람들을 다시 만나게 되면 그 전에 했던 익숙한 농장 일을 다시 하게 되기 때문이었다. 그 곳에 도착한 후 어머니의 편지를 받았다.

템플에게

이모네 농장의 말이 새끼를 낳았다니 얼마나 반가운 일이니! 나 대신 그 말의 코를 쓰다듬어 내 사랑을 전해주렴. 네가 농장 가축에 낙인을 찍는 과정을 설명했는데 너무 소름이 끼치는 일이더구나. 나는 그런 짓은 못 할 것 같다.

네가 알다시피 나는 사랑에 관한 우리들의 대화를 생각해 보았고 사랑이 무엇인지를 글로 어떻게 표현할 것인지 생각해 봤다. 나는 사랑을 이렇게 느낀단다. 사랑은 무엇인가를 성장시켜 주기를 원하는 것이고, 그들의 성장 과정에 필요한 단계를 갖는 것이다. 첫째, 사랑은 자신을 성장시키기 원하고, 그렇게 하기 위해서 어떤 상징들을 개발한단다. 너의 그 가축 압박기를 생각해 보자. 처음에 너는 농장 생활이 지루하고 집이 그리워서 그것을 만들었지. 그런 다음, 더욱 노력을 기울여서 네가 서부에서 익힌 성숙성을 나타내기 시작했다. 즉, 그 문을 통해서 한 발짝 나아갔지. 다른 말로 표현한다면 성장에 대한 욕망이 생긴 거라고 할 수 있겠구나. 성장하고자 하는 것은 너 자신을 진정 사랑하는 것이다. 너의 장점인 가장 좋은 부분을 사랑하는 것이지. 네 경우는 그러한 사랑이 가축 압박기를 통해 나타났지. 사람은 자신을 사랑하는 것을 배운 후에는 그와 유사한 사랑을 통해 다른 사람을 돌보기를 원한단다. 그래서 그들 또한 잘할 수 있고 그들의 작은 문을 통해서 한 발짝 앞으로 나아갈 수 있게 하지. 사람이 다른 사람이나 어떤 것들이 성장하도록 노력할 때는 다른 사람에게 관심을 갖게 된단다. 너는 농장에 관심을 가졌지. 왜냐하면 네가 그 곳에서 일을 했기 때문이야. 마찬가지로 나는 우리 가정에 관심을 갖는단다. 왜냐하면 내가 우리 가정을 위해서 열심히 일했기 때문이야. 우리는 주위 사람들이 잘되기를 바란다. 왜냐하면 우리는 그들을 사랑하기 때문이지. 사람들은 서로에게 관심을 갖는단다. 나는 너를 사랑한다. 왜냐하면 너에게 나의 모든 것을 투자했기 때문이야. 그리고 나는 네가 성장하는 것을 보고 싶기 때문이야. 그런데 너는 나에 대해서 어떻게 느끼니?

여기에 차이가 있는 것 같구나. 인간은 살아 있고 서로들 반응하지. 물체는 너에게 말할 수 없고 너를 껴안아줄 수 없어. 물체들은 아이디어, 에너지, 재료로 만들어진 것이야. 그 물체들은 우리가 부여하는 의미에 따라 뜻이 있을 뿐이지. 인간은 사적인 상징이나 노력의 표상이 아니라, 우리에게 대답을 해줄 수 있는 살아 있는 생물이란다. 우리가 그 답을 항상 좋아할 수는 없어. 그러나 그 답이 우리가 기대하는 것과 다를지라도 이처럼 대답을 하는 생물은 정신을 갖는단다. 즉, 완전해지려고 노력하는 정신을 말하지. 이러한 생물은 우리처럼 독특한 것이야. 어떠한 인간도 결코 똑같을 수는 없어. 하지만 너는 눈송이나 고양이가 같은 것이라고 말할 수 있어. 그러나 인간은 그러한 생물들과는 다른 특성이 있단다. 우리는 꿈을 추구하는 동물이지. 너와 나는 완전해지고자 하는 꿈을 가지고 있고 그 꿈을 나누면서 서로 배운단다. 우리는 같이 일함으로써 서로에게 관심을 표현하지. 우리는 '사랑' 할 뿐만 아니라 '사랑' 받는 존재란다. 물체들은 너를 사랑할 수 없고 동물의 사랑은 제한되어 있어. 그러나 인간은 아주 깊이 서로 관련되어 있지. 그들이 서로 싫어할지라도 그들은 서로에게 관련되어 있는 거야. 사랑은 그 안에 특별한 기분을 가져야 할 필요는 없단다. 그것은 서로 관여하고 서로의 말을 듣고 서로 배우는 것이지. 그리고 언젠가 어느 곳에서 우리가 알지도 못한 채 '관심을 갖는다'는 것을 알게 되고, 우리는 그런 관심을 가졌던 사람을 잃을 때 슬픔을 알게 된단다.

정다운 어머니, 나를 지독히 사랑하고 지독히 아끼는 어머니. 어머니의 관심은 편지 속에 미묘하게 숨겨져 있었다. 어머니가 눈송이나 고양이가 인간과는 다르다고 한 뜻을 나는 안다. 어머니는 아직도 내가 가축 압박기의 유사 모형을 사용하는 것을 용납할 수 없었던 것이다. 고등학교 심리교사는 그 압박기가 좋지 않으니 사용하지 않도록 어머니를 설득시켰던 것이다. 내가 위로 기구를 사용하는 것에 대한 우리들의 의견 불일치는 그 기계가 나에게 주는 안정감을 다른 사람들이 사용할 경우 똑같이 느낄 수 있다는 것을 증명해야겠다고 마음먹은 계기가 됐다. 나의 특이한 생각은 상스러운 짓이 아니라 온전하고 실제적인 것이었다.

여름이 지난 후 농장을 떠나서 대학에 들어갔다. 나를 이 작은 대학에 진학시켜준 분들에게 무한한 감사를 드린다. 큰 규모의 대학에 들어갔더라면 많은 건물 사이에서 길을 잃었을 것이고, 많은 학생들 속에서 혼란을 겪었을 것이다. 나는 학교 캠퍼스에서 잠긴 개인 사물함을 열어 주는 사람으로 알려졌지만, 그 일 외에도 상당히 많은 친구를 사귀기 시작했다. 많은 학생들이 개인 사물함의 번호를 잊어버리곤 했다. 그 때 내가 외운 번호로 사물함을 열어 주곤 했다. 다행히도 대학은 마운틴 컨트리 고등학교에서 가까운 곳에 있었다. 그래서 나의 구세주이신 칼록 선생이 가끔 나를 격려해주러 오곤 했다. 심리 교사와 어머니가 나의 압박 기계에 대해 비난했다는 이야기를 하면, "음, 그러면 좀더 나은 기계를 만들어 보자. 대학생들과 함께 그 기계에 대한 과학적인 실험을 해보면 좋겠구나. 그 압박 기계가 정말로 안정감을 주는지, 정말 효과가 있는지 알아보도록 하자" 하고 말했다.

"좋습니다. 어디서부터 시작할까요?" 하고 나는 물었다.

"템플, 네 자신부터 시작해야지." 그렇게 말하고는 칼록 선생은 웃었다. "네가 그 이론을 증명하고 싶으면 수학을 배워야 할 것이다. 도서관에 가서 과학 저널들을 읽고 연구 좀 해야지."

나는 그의 충고를 받아들여 과학 참고 목록을 사용하는 법을 배웠고, 공학 잡지의 글을 읽고 이해하기 시작했다. 주말마다 칼록 선생이 나를 그의 실험실로 데리고 가서 압박기를 개량하는 일을 도와주었다. 칼록 선생은 내가 과학에 관심을 갖도록 했고 나의 고착성을 가치 있는 프로젝트 쪽으로 이끌었다. 하나의 감각 기관에 들어오는 감각 인입이 또 다른 감각 기관의 감각 인지에 끼치는 영향을 알아내기 위해 도서관의 모든 자료를 찾는 데 많은 시간을 소비했다. 놀랍게도 감각 상호 관계라고 불리는 분야를 발견하게 되었다. 결국 학부 학위 논문으로 '감각 상호 관계'에 대해서 썼고, 압박기를 사용해서 관계를 실험했다. 나의 실험 결과, 압착 자극은 청각 자극에 대한 반응이 시작되는 분계점인 청각역에 영향을 끼치는 것으로 나타났다.

연구와 공부를 한 후 압박기의 두 번째 모형인 'PACES'를 만들었다. PACES Pressure Apparatus Controlled Environment Sensory는 환경 감각을 통제하는 압박기의 약자다. 이 모델은 양쪽에 패드를 설치한 것인데 처음 만든 나무판 압박기에 비해 훨씬 더 좋았다. 물론 교수들과 심리학자들이 프로이트의 이론에 근거했기 때문에 나의 가축 압박기 사용을 전부 성적인 의도로 해석했다. 그러한 사실이 내가 하는 일에 죄의식을 느끼게 했다.

지금도 그 장치를 사용한 것이 아주 나쁘지는 않았다고 생각한다. 그것을 사용함으로써 대학에서 다른 학생들과의 의사소통에 큰 발전을 보았다. 내가 다른 사람들과 잘 어울리게 도와준 '돌파구'는 비난을 많이 받은 그 압박기였다. 그것을 통해서 나는 부드러움과 동정의 기분을 알게 되었고, 부드러움이 약함을 뜻하는 것이 아니라는 것을 알게 되었다. 나는 어떻게 느끼는지를 배운 것이다.

고도 기능을 가진 자폐증 성인에 대한 두 연구에 의하면, 동정심 부족이 그들의 큰 결점으로 나타난다. 한 남성 자폐인은 자신은 사람들에 대해서 관심이 없다고 썼다. 자폐증에서 회복된 다른 성인은 타인들과 관계를 갖는 데 어려움이 많다고 말했다. 한 남성 자폐인은 '나는 냉혈 가슴을 가진 사람이었다. 내가 다른 사람의 사랑을 받거나 주는 것이 불가능했다. 그래서 다른 사람들이 나에게서 떨어져 나갔다. 그것이 오늘날에도 문제가 됐다. 나는 사람보다 물건을 좋아했고, 또 사람들에 대해서는 전혀 관심을 갖지 않았다'고 썼다.

하버드 의과 대학의 줄스 R. 벰포래드 씨는 또 다른 자폐증 성인에 대해서 이렇게 썼다.

'제리는 다른 사람이 어떻게 느끼는지를 지능적으로만 이해하는 것처럼 보인다. 그러나 그는 타인의 마음 속에 자기가 어떻게 나타나는지를 이해하지는 못한다. 즉, 타인이 자기를 어떻게 느끼는지는 전혀 이해하지 못한다.'

압박기가 주는 부드러운 압력을 느끼면서 나는 천천히 동정심의 개념을 개발하기 시작했다. 나는 일기장에 다음과 같이 썼다.

어린이는 부드러움에 대해서 배울 필요가 있다. 나는 이러한 개념을 어렸을 때 배울 수 없었기에 이제야 그것을 배우기 시작한다. 압박기는 내가 누구에게 속해 있다는 기분을 느끼게 해주고, 또 어머니의 팔 안에 부드럽게 안겨 있는 기분을 느끼게 해준다. 이러한 기분을 글로 표현하기는 어렵다. 이러한 기분에 대해서 쓰는 것은 기분을 인정하는 것이다.

어린 원숭이를 대상으로 한 연구들에 의하면, 접촉을 충분히 받지 못한 어린 원숭이들은 성장한 후 사랑에 관계된 기능들이 보통 원숭이들보다 훨씬 더 부족하게 나타났다. 다른 사람에게 관심을 갖게 하기 위해서는 어려서 위안감을 경험해야 한다는 의미와 같다. 동물 실험들이 보여준 것은 촉감을 통한 위안감이나 중추 신경계에 생화학 변화를 일으켰다는 점이다. 압박기를 정기적으로 사용하면 아동기에 접촉 자극의 부족으로 위안감을 받지 못해서 일어난 비정상적 생화학 물질의 변화를 일으킬 수 있다고 나는 생각했다. 아마 많은 자폐증 성인들에게서 나타나는 동정심의 부족은 그들이 어렸을 때 포옹이나 사랑을 거부한 데에 그 이유가 있을 거라고 생각한다. 여하튼 압박기가 자폐 어린이를 위한 만병 통치약이라고 추천하는 것은 아니다.

새로 만든 압박기의 압력이 부드러웠지만, 아니 오히려 부드럽기 때문에 더욱 참기 어려웠다. 결국 압박기를 부드럽게 만들자 압력이 더 커졌다. 나는 그 압박기 패널이 주는 압력을 이겨 내려고 무척 노력했고, 또 압력의 양을 통제할 수 있었기 때문에, 주위 사람들이 청하는 악수나 어깨를 두드리는 신체적 접촉을 견뎌내기 시작했다.

가축 압박기의 유익한 점을 인정하면서도 그것에 대한 두려움이 계속 남아 있었다. 남들이 나의 압박기 사용을 성적 의도와 결부시키는 편견이 두려웠다. 내가 그 장치 안에 들어가 있는 나의 모습을 바라볼 때 진정한 두려움을 느꼈으며 그 모습이 나의 머릿속에 박혀 있다는 점이 더 큰 두려움이었다. 그 기구에 대해 다른 사람이 갖는 성적 견해에도 불구하고 나의 생각이나 환상은 그 '나쁜' 기구를 사용한 잘못에서 오는 것은 아니었다. 그 압박기는 단지 확성기에 불과했다. 그 압박기가 나의 사고에 책임을 지는 것은 축음기가 판 위에서 음악 소리를 내는 것과 같았다.

모든 사람들이 압박기를 인정해 주었다면 나 자신이 그것을 더욱더 믿었을 것이다. 그 장치의 효과에 대해서 나 자신을 합리화하거나 보호할 수는 없지만, 장치에 대한 인정은 나 자신을 깊이 성찰할 수 있게 했다. 나는 어린 시절부터 나를 위로해줄 기구에 대해 꿈꿔 왔다. 어린 나이에도 내가 어떤 장치를 만들면 나 자신을 이해하는 데 도움이 되고, 다른 사람이 탐구하지 못한 영역을 생각할 것이라 믿었다. 내가 그러한 도구에 너무 의존하는 것은 아닌가 하고 방황할 때가 있다. 압박기는 내가 이제까지 생각해 왔던 것을 근거로 만든 것이다. 그 안에서 나 자신을 통제하는 법을 배웠고, 또 그 기계가 주는 압력에 저항하지 않는 법을 배웠다. 압박기가 주는 압력을 받아들이고, 몸이 이완되면 내 마음이 안정된다.

압박기를 여러 사람들에게 사용하도록 실험한 결과, 그 기구가 약간의 신진 대사 기능을 감소시키는 경향이 있음을 알았다. 40명의 정상인 대학생 가운데 62퍼센트가 그 압박기를 좋아했고, 그것이 마음을 안정시킨다고 말했다. 기계 작동 후 처음 10~15분 동안은 안정감을 주지만 그 후에는 오히려 괴로움을 준다는 것을 알았다. 뜨거운 여름과 매우 추운 겨울에는 효과가 없다는 것도 알았다. 그래서 그 기구가 나에게만 이로움을 줄 뿐 아니라 실험에 참여한 대학생 40명 중 62퍼센트에게도 편안함을 준다는 사실이 증명됐다. 그 결과, 압박기에 대한 나의 고착증에 대해 정당성을 찾았다.

최근에는 압박기를 과잉 행동 어린이와 성인, 자폐인들을 치료하는 병원이나 기관에서 사용하고 있다. 애리조나 주 피닉스에 있는 신경발달연구소의 작업 치료자이자 소장인 로나 킹은 이 기계가 과잉 행동을 감소시키는 데 도움이 된다고 말했다. 과잉 행동 성인이 20분 동안 이 기계를 사용하면 그 다음 날 마음이 안정되고 행동도 안정되었다고 한다.

로나 킹이 감각 통합 치료를 통해 자폐 어린이를 치료하는 데 성공했지만, 어린이에게 자극을 강요하지는 않았다. 전정 기관 자극, 깊은 마사지, 촉각적 자극을 적용해서 파손된 신경계를 회복하려 했다. 감각적인 자극을 제공하면 새로운 신경 회로를 형성하게 할 수 있다. 많은 장난감과 올라갈 수 있는 물건들이 있는 좋은 환경에서 살던 쥐는 표준 실험실에 있던 쥐보다 뇌세포의 성장이 훨씬 좋았다. 전정 기관의 자극은 신경계의 성숙을 촉진한다. 전정 기관과 촉각 기관의 자극을 받은 개들의 경우 전정 기관의 세포들이 다른 개들보다 훨씬 더 컸다.

여러 문들을 상징물로 사용하는 또 다른 고착성이 생겼

다. 고등학교에서 썼던 문을 대학교에서도 썼다. 그 문턱을 밟고 나오는 것은 나의 결정을 실제화하는 수단이었다. 마치 고등학교를 졸업하고 대학교에 가는 것을 감행했듯이, 실제의 문으로 나아가는 것이 추상적인 결정을 현실화하도록 이끌었다. 상징적으로 그 문에 대한 나의 고착성이 시간의 긴 통로를 지나가는 통과의 표시였다. 내 학습 방법의 장점은 시각적 채널을 통해 배우는 것이기 때문에 논리적인 사고도 시각적으로 할 수밖에 없었다.

대학교에서 2년간 공부한 후 나의 미래에 대해서 깊이 생각하기 시작했다. 대학 졸업과 대학원에 대한 생각이었다. 정서적 준비나 미래에 대한 상징적 답사를 행동으로 해보는 것이 중요했다. 그래서 나는 다시 내가 지나가야 할 상징적 문을 추구했다. 대학 기숙사의 지붕으로 통하는 조그마한 통풍문이 새로운 영역으로 나아가는 상징물이 되었다. 물론 그 문을 통해 올라가서 지붕으로 나가는 것이 금지되어 있었기에 그 행위의 의미가 더 컸던 것이다. 해야 할 가치가 있는 일은 위험이 따르고 그 행위의 불법성은 나의 미래에 대한 확고한 맹세를 하게 했다. 그 문을 통해서 나가는 것이 허락되어 있고 안전했다면 그것은 오히려 나에게 현실적인 것이 못 되었을 것이다.

이 불법적인 시도는 내가 처음으로 대학의 규율을 어

긴 것이다. 그러나 나는 그 문을 통해서 나가지 않을 수 없다는 것을 알았다. 그 문을 통해야만 졸업의 가능성을 확인할 수 있고, 마음 속에 희미한 구름처럼 있는 대학원에 대한 가능성을 현실화할 수 있기 때문이었다. 그래서 다시 고등학교 때처럼 나는 그 금지된 문을 통과했다. 그 작은 문을 통해 머리를 내밀었고 그 문을 통해 지붕을 볼 수 있었다. 밖의 공기는 차고 축축했다. 멀리 보이는 땅을 바라보았을 때 달이 구름 사이로 나오고 있었다.

내가 그 대학을 졸업할 때까지 나의 미래에 대한 결정을 확신하기 위해서 그 통풍문을 자주 사용했다. 그 통풍문은 설명하기 어려운 감정을 상징했고, 감수되지 않고 잡히지 않으며 만질 수 없는 생각에 대한 실제적인 상징이었다. 어느 특정한 문을 여는 것은 해야 할 일에 대한 구체적인 결정을 표현하는 것이었다. 고등학교에서는 내가 그 문을 통과한 후에 성적을 올릴 수 있었다. 실제로 그 문을 통해서 나가는 것이 나 자신을 발전시키기 위한 계약서에 서명하는 것과 같았다. 그것은 나의 추상적 결정을 현실적으로 느끼게 했다.

압박기와 그 상징적 문이 나의 학문적 노력과 인간 상호 관계를 증진시키는 매개체였음이 분명하다. 나는 아직도 사회적 관계에 문제가 있었다. 어떤 학생은 '괴상한 여자!' 라고 불렀다. 내가 유행하고 있는 옷을 입어도 많은 학생들은 나와 이야기하기를 원치 않았다. 나는 무엇이 잘못되었는지 알 수 없었다. 그래도 사회성 발달에 큰 진전을 보았다. 동료와의 주된 접촉이 그들을 때리는 것으로 이뤄졌던 초등학교 시절에 비하면 아주 큰 발전이었다. 내가 재능 발표회 '까마귀 평론' 이란 연극의 팀원으로 일할 때, 나는 연극에 사용하는 무대 배경의 절반 이상을 만들고 그림도 그렸다. 동료들은 나의 창조적인 능력을 크게 칭찬했다. 서로 관심 있는 활동을 하면서 타인들과 사회적으로 접촉하는 것이 훨씬 더 쉬웠다.

대학교 3학년 여름 방학 때는 병원에서 정서 장애 아동들과 함께 일했다. 일곱 살인 제이크는 이 병원의 어린이들 중 하나였다. 그에게 흥미를 느꼈던 것은 그를 통해 나 자신을 보기 때문이었다. 내가 어렸을 때 플라스틱 조각으로 나를 가렸던 것처럼 제이크도 더운 여름에 담요로 자기 몸을 감쌌다. 제이크는 자폐인으로 진단되지는 않았지만 자폐증의 특성들을 지니고 있었다. 많은 경우 주위 사람들에게 무관심했고 그들을 쳐다보거나 그들의 말을 듣지 않았다. 그는 기계적인 물체에만 집착해 있었다. 그는 정상적으로 말할 수 있었지만 "제이크, 저기에 앉아라" 와 같이 그에게 무엇인가 시키는 말을 하면 소리를 지르고 고함을 치곤 했다. 그 해 여름, 나는 기계적인 것에 대해 제이크와 많은 이야기를 하면서 시간을 보냈다.

나는 칼록 선생이 나에게 했던 것처럼 내가 제이크의 신비한 세계의 문을 열어 주는 것처럼 느껴졌다. 때때로 나는 그가 사람들에 대해서 흥미를 느끼도록 도울 수 있었다. 먼저 기계에 대한 그의 고착성에 대해 말하고, 그런 다음에 차차 사람들을 대화 속으로 끌어들였다. 그렇게 하지 않았더라면 제이크는 아마 의사소통을 전혀 하지 않았을 것이다.

일반적으로 의사들은 자폐 아동들의 고착성을 키우지 못하게 한다. 그러나 대개의 경우 자폐증 어린이들이 보여주는 고착성은 과잉 자극을 받은 신경계에서 나타나는 발작을 감소시키기 위한 것이다. 자폐인들은 좋아하는 일에 집중하면서 그들이 다룰 수 없는 여러 자극들을 차단한다. 반복적이고 단조로운 자극은 일반 성인에게서도 쉽게 일어나는 신경질을 감소시킨다. 많은 치료사들과 심리학자들은 자폐 어린이의 고착성을 내버려두면 고칠 수 없는 손상이 온다고 믿는다. 나는 모든 경우가 그렇다고 생각하지는 않는다. 고착성은 극단적인 특성에 불과하다. 한 어린이가 고집이 세고 그 고집을 계속 유지하면 그것이 고착성이라고 불릴 수 있다. 어떤 특성들은 이로운 경우도 있다. 고집은 지속성과 관계가 있고, 지속성은 좋은 특성이며 어떤 목표를 달성하는 데 필요한 것이다. 자폐인의 특성들은 정상인의 특성과 같으나, 몇 가지 특성들은 좀더 복잡하다.

내 기억으로 어렸을 때는 통증 있는 자극들을 좋아했다. 이러한 것은 성장하는 어린이들에게 있을 수 있다. 그러므로 그들에게 좀더 긍정적이고 덜 파괴적인 형태의 자아 자극으로 방향을 바꾸어 줄 수 있다. 아마 내가 만든 '기계'가 이런 어린이들에게 도움이 될 수도 있을 것이다. 그 어린이가 압박기가 주는 자극을 좋아하게 되면 자기 손을 깨물지 않을 것이다. 가축에 대한 최근 연구에 의하면 자아 자극이나 판에 박은 행동들이 가축의 손상된 신경 발작을 감소시킨다고 한다. 판에 박은 행동이 스트레스 호르몬 수치를 감소시킨다. 자폐 아동은 과반응 신경계를 갖는다. 자폐인의 징후들과 감각적 박탈에서 오는 행동들은 서로 유사하다. 감각적으로 박탈당한 사람이나 동물들은 감각 자극에 대해 낮은 반응을 보이는데, 그로 인해 아주 예민한 신경계를 갖는다.

어린이가 압박기를 사용한다면 자기 자신에게 강하고 즐거운 자극을 적용할 수 있다. 그 기계가 사람이 껴안은 것과 같은 기분을 느끼도록 만들기 때문에 그것을 사용하면 어린이가 다른 사람이 접촉하거나 껴안은 것을 좋아하고 익숙해지도록 하는 데 도움이 될 것이다. 그 아동이 압박기를 조작할 수 있고 좋아하게 되면 그 다음 단계는 인간의 사랑을 느끼도록 하는 것이다. 그 압박기는 인간의 사랑을 알게 하는 하나의 중요한 단계이다. 아동이 그것을 통제할 수 있기 때문이다.

한 아동이 그의 몸을 자해한다면 분명히 그것을 못 하게 해야 한다. 그러나 다른 형태의 고착성들을 항상 저지해서는 안 된다. 그것들이 의사소통의 수단이 될 수도 있기 때문이다. 그러한 과정을 통해서 부정적인 행동을 긍정적인 행동으로 바꾸는 일이 가능하다. 내가 확신하건대, 여름에 같이 일한 제이크가 나의 압박기를 사용했다면 많은 도움을 받았을 것이다.

한 자폐 여성과 편지를 주고받은 일이 있다. 그녀는 자기의 성질을 통제할 수 없었다. 그녀의 편지에 의하면 촉각적 자극에 대한 욕망이 분명히 나타나 있었다. 그녀는 빈번히 부드럽다, 솜털 같다와 같은 촉각적 표현을 사용했다. 그리고 압박기에 대한 아이디어를 좋아했다. 아마 그 압박기가 그녀를 도와줄 수 있었을 것이다.

전에 말했듯이, 내가 압박기를 사용하는 것이 치료사들, 친구들, 친척들 사이에서 큰 문제가 되었다. 그들은 내가 그것을 사용하지 못하도록 많은 노력을 기울였다. 긴 안목으로 보면 그들이 나에게 해를 끼친 셈이다. 왜냐하면 내가 그것을 사용하는 것에 대해 죄의식을 느끼도록 했기 때문이다. 그 죄의식에서 벗어나 기계를 완전히 인정하기까지 오랜 기간이 걸렸다.

반면, 그들이 나로부터 그 압박기를 못 쓰게 하려고 노력할 때 나는 그 장치가 실제적으로 도움을 준다는 것을 증명하기 위해 더욱더 열심히 연구했다. 그들에게 인정받지 못한 것이 압박기에 대한 나의 고착성을 좀더 건설적인 방향으로 유도했다.

문에 대한 나의 고착성이 대학 시절 내내 계속되었다. 나는 일기장에 나의 미래에 대한 두려움을 기록했다. 내가 미래에 대해 준비되어 있는지 걱정스러웠다. 나는 상징적 문을 통해서 새로운 경험 세계로 들어가려고 노력했다. 대학 생활에서 나는 때로 감옥에 갇혀 있는 것처럼 느꼈다. 어떤 면에서 나 자신이 감옥이었다. 기꺼이 공부하려고 한 것, 자아 통제를 얻으려 한 것, 또 다른 친구들과 사귀려 한 것, 상징적 문을 통해서 자유와 미래 세계로 들어가려고 한 것 외에는……. 나의 삶은 빙빙 도는 하나의 원과 같았다. 나의 과거를 뒤에 남겨놓을 수 없었다. 대학에서의 상징적 문은 고등학교 기숙사의 까마귀 둥지의 연속이었다. 그리고 삶과 의사소통의 표상이었다. 그 압박기는 감정을 배울 수 있는 수단이었다. 삶이나 배움은 상호 관계 없이는 결코 좋아질 수 없었다.

대학 생활의 마지막이 다가오고 있었다. 졸업 시험과 졸업식! 나는 열심히 공부했다. 친구들과의 관계에도 큰 발전이 있었다. 이 두 가지 사이에서 조화가 시작됨을 느꼈다. 결혼과 가족에 대한 과목을 배우면서 나의 좌절, 공포, 희망 그리고 꿈에 대해 이렇게 썼다.

나는 기말 논문에서 결혼에 대한 희망과 목표에 대해 논하고자 합니다. 완전한 결혼에 대해서 이론으로 두 장의 글을 쓸 수도 있고 나에 대한 진실을 이야기할 수도 있습니다. 내 생각에 허풍으로 가득 찬 글을 쓰는 것은 어리석고 우스운 짓입니다. 교수님께서 그것이 모두 거짓이라는 것을 알게 되기 때문입니다. 사실을 말하자면, 결혼에 대한 이론적인 사고는 나의 이상이 아닙니다. 아무도 이론만 가지고 살 수 없기 때문입니다. 나의 진정한 감정을 쓰는 것이 쉽지 않으므로 솔직히 쓰는 것을 약간 주저하게 됩니다. 대부분의 경우 나의 비밀을 드러내면 그것이 캠퍼스 전체에 퍼져나가고 사람들이 잘못 이해하기 때문에 가슴이 아팠습니다. 교수님께서 믿지 않는다면 아마 앞으로 아무도 믿을 수 없게 될 것입니다. 그러나 이 글에 나의 진실을 표현하기로 결심했습니다. 이것을 읽은 후에 나에게 돌려주시거나 없애시기 바랍니다. 만약 다른 사람들이 보면 또 나의 비밀을 찾아낼 기회를 줄지 모르니까요.

지금부터의 이야기는 엄연한 진실입니다.

내가 지구상에 온 목적은 한 도구를 만들고, 그 도구를 사용하여 사람들이 자신을 찾으며, 그들이 부드럽고 남을 아끼는 방법을 지도하려는 데 있다. 나는 그 목적이 아주 중요하다고 느낀다. 왜냐하면 내가 상대방을 혹은 상대방의 기분을 느끼도록 지도하는 도구를 만들어야 했기 때문이다. 나는 어떻게 그 기계를 만들고 또 그것이 어떻게 부드러움을 가르칠 수 있는지 연구하는 일에 내 삶 전체를 바쳤다. 그래서 가축 압박기의 모형과 같은 기계를 만들었다.

나는 어린 시절 이후부터 몇 년 전까지만 해도 사람보다 기계에 더 재미를 붙인 사람이다. 나는 사람들로부터 나 자신의 문을 닫고 네 살이 될 때까지 사람들에게 말도 하지 않았다. 철저히 나 자신의 문을 닫았다. 이러한 상태를 자폐증이라고 부른다. 아직도 나는 기계들을 통해 흥미를 느끼고, 특히 사람들과의 상호작용을 하도록 고안된 통제 기계들에 흥미를 느낀다.

어린 시절부터 내가 머릿속으로 구상했던 가축 압박기를 통해서 나 자신이 어떻게 느끼는지를 내가 가르쳤다. 학교에서 공부하는 대신 그 특이한 도구를 생각하는 데 모든 시간을 보냈다. 나는 내가 그 도구를 만들기 위해서 많은 지식이 필요하다는 것을 느끼기 전까지는 공부를 하지 않았다.

아마 당신은 목적 의식과 이것들이 무슨 관계가 있는가 하고 의아해할 것이다. 관계가 많다! '신, 신이 무엇이든'. 그리고 신과 상황이 나라는 형태의 유전 구조를 형성했다. 그 형성 과정에서 어머니나 다른 인간이 주는 사랑을 받아들일 수 있는 뇌의 '줄'이 끊어진 것이다. 내가 나이가 들고 기술을 충분히 익혀 그 압박기를 만들 때까지는 그 줄이 연결되지 않을 것이다. 아마 신 혹은 운명이 그렇게 의도했나 보다. 그래서 내가 다른 사람을 도울 수 있는 도구나 방법을 창안하도록 말이다. 발명자가 만든 도구를 확신할 수 있는 유일한 방법은 자신이 그것을 성공적으로 사용하는 데 있다.

내가 그것을 만들어 사용하고 있는 지금, 나는 아직도 그것을 부정하고 사용하는 것을 두려워하고 있다. 압박기 안에 있는 기분은 상당히 부드럽다. 그러나 압박기가 가져다주는 감정은 때로는 고통스럽다. 나는 아직도 감정을 수용할 수 없다. 내 공포의 주된 원인 중 하나는 감정들이 나를 지배하고 내가 가야 할 운명을 따라가지 못하게 하지나 않을까 하는 두려움이다. 이것이 내가 결혼을 두려워하는 하나의 이유다. 나에게 가장 중요한 것은 그 도구를 만드는 것이고, 그 도구가 다른 사람을 도와주는 방법을 찾아내는 것이다. 그것이 '정상'이나 결혼보다 더 중요하다.

결혼에서는 여성이 추종하게 되어 있다. 하지만 나는 지금까지 어떠한 결혼 모델도 나를 위한 것이라고 생각한 적이 없다. 결혼할 수 있는 유일한 방법은 남편과 내가 과학자로서 다 같이 일하는 것이다.

유감스럽게도 이 사회는 아직도 여성에 대해 많은 편견이 있다. 이 캠퍼스 안에서도 물론 그렇다. 행정 부서에 있는 여성 직원들을 어리석은 사람으로 취급한다. 그들은 거의 존경받지 못한다. 이것은 상당히 편협한 태도인데, 그런 사회 분위기가 나에게 결혼을 멀리하고 독신이 되도록 만들었다.

한 가지 분명히 해야 할 것은, 압박기의 사용 의도가 사회가 요구하는 복종적인 사람을 만드는 것이 아니라, 그의 마음이 추구하는 것이나 그의 생각을 따라갈 수 있는 사람을 만드는 것이라는 점이다. 즉, 그 사람이 신에게 좀더 가까워지고 그 자신의 개인적 이익만을 생각하지 않는 사람이 되도록 만드는 것이다. 세상 사람들이 나의 도구를 사용할 수 있는 길이 어느 누군가가 그것을 훔쳐다가 모든 특권을 갖는 것이라면 그렇게 하도록 할 것이다.

그러나 《월든 투 *Walden Two*》에서 B. F. 스키너가 말했던 것처럼 나는 그 도구가 이 나라 전역에 퍼지기 전에는 나의 발명을 포기하고 싶지 않다. 그렇게 되면 내가 더 이상 거기에 매달릴 필요가 없으리라. 내가 이런 생각에 매달려 있지 않았다면 나는 아무것도 아니었을 것이다. 그 생각이 학교에서 공부를 열심히 하게 한 유일한 동기였다. 내가 수학을 잘 못할 때 무척 좌절했다. 수학은 그 기구를 만드는 데 필요한 과목이기 때문이었다.

이 글은 아름답게 잘 꾸며진 두 장짜리 거짓 글이 아니다. 서툰 타이핑 실력에 철자법도 잘 맞지 않지만, 사실이 적혀 있는 세 장의 참다운 기록이다. 이러한 주제에 대한 거짓된 글은 아무런 의미가 없다. 이 글의 내용이 아무에게도 알려지지 않을 것이라 믿으며…….

베버 선생님은 그 글에 대해 다음과 같이 평해 주었다.

"우수하다. 고맙다. 너는 항상 창조적이고 생각이 깊다. 이 일에 대해서 항상 비밀을 지킬 것이다."

가장 의미 있는 날이 왔다. 1970년에 졸업해 심리학 학사증을 받고 과에서 차석 우등생이 되었다. 이제 그 문을 통해서 또 다른 미래로 걸어나가야 할 시간이 되었다. 나는 대학이라는 사다리 중 가장 높은 곳에 도달했고, 이제 대학원 사다리의 밑바닥에 있다.

졸업식 후 나는 지붕으로 통하는 통풍문을 통해 밖으로 나갔다. 자신감을 느꼈다. 나는 졸업장을 도서관 지붕 위에 놓고 인생의 또 다른 문으로 가는 나의 출발을 자축했다. 그 졸업 상패는 '최상으로 가는 노력' 이라고 적혀 있었다. 나는 대학의 사다리를 정복했고, 이제 대학원의 사다리를 걸어 올라갈 준비를 할 차례였다.

'졸업' 이란 단어는 시작을 의미한다. 그 문을 통해서 지붕 꼭대기로 나아가는 것이 대학원을 시작하는 나의 상징이었다. 나의 성공을 상기하기 위해 어머니는 내게 '그 작은 문을 통해서' 라고 적혀 있는 금목걸이를 주었다.

대학원과 유리문 장벽

대학을 졸업한 그 해 여름은 집에서 보냈다. 그 기간 동안 나는 새로운 압박기를 만들었다. 예전 것보다 훨씬 잘 작동되었다. 양 판에 좀더 편안한 받침대를 대고 머리받침대도 만들었다.

그 압박기 사용은 나의 거친 성격을 통제하게 하고 사랑을 받아들이도록 도왔다. 때때로 신경 발작이 가라앉기도 했다. 신경 발작이 가라앉은 기간 동안 나는 대장염과 습진으로 고통을 받았다. 이따금 대장염이 너무 심해서 3주 동안 요구르트와 젤로만 먹어야 했다. 이러한 신경성 문제들을 이겨낼 강한 감정이 필요했다. 새로운 압박기는 어려움을 받아들이거나 포기하는 것을 더욱 쉽게 할 수 있도록 도와줬다. 공격적이고 부정적인 감정들을 드러내기가 어려워졌다. 그 위안 기계가 공격적 기분을 녹여 버렸기 때문이다. 그 압박기 속에서 나 자신을 풀고 편안하게 하면 기분이 좋았다.

나는 가끔 압박기에 대한 양면성을 느꼈다. 나는 압박기를 두려워하는데, 내가 그 안에 있을 때 나의 감정이 통제되기 때문이다. 그러나 이것은 잘된 일이기도 하다. 내가 즐겁게 적극적인 감정을 느끼지 않으면 나의 공격적이고 부정적인 감정이 지배할 것이기 때문이다. 나의 감정을 내가 수용할수록 타인에 대한 느낌이나 사랑의 감정이 우러난다.

고양이조차 나를 더 좋아하는 것 같았다. 추측건대 내게서 좀더 좋은 기분이 퍼져나오는 것을 고양이가 느끼는 것 같았다. 내가 고양이에게 편안함을 주기 전에 압박기를 통해 나 자신을 편안하게 하는 것이 필요한 듯했다.

압박기의 사용에 대한 모든 자부심에도 불구하고 어머니가 옆방에 있으면 그것을 사용하는 것이 불안했다. 어머니가 논문에 쓰인 압박의 실험 결과를 읽고 그 결과를 인정했지만, 나는 어머니의 거부감을 피부로 느꼈다. 새로 만든 도구를 시도해 보기를 권할 때마다 어머니는 항상 이유를 대면서 다음으로 미루었다.

9월에 나는 애리조나로 이사를 가서 그 곳 대학원 심리

학과에 들어갔다. 나 자신에 대한 인정과 칭찬을 할 만한 때였다. 말 못 하고 신경질 부리고 친구를 때리던 어린아이가 많이 발전했으니까. 그러나 나는 여전히 자신에 대한 의심과 무가치함에 사로잡혀 있었다. 삶의 의미를 찾으려는 고착증이 나를 무의미하게 만들었다. 나를 사로잡은 공포 발작증 탓에 이 고착증이 더 심해졌다. 나의 가장 큰 공포는 많은 사람들 앞에서 신경 발작을 일으키면 어쩌나 하는 것이었다. 무언가에 집착하면 나의 신경 발작이 줄어든다. 이번에 내가 집착한 것은 까마귀 둥지나 대학의 통풍문과 같은 일반적인 문이 아니라, 자동 유리문이었다. 단순한 것 같았으나 복잡했다. 여러 번 나 자신에게 왜 내가 자동 유리문에 집착했는지 물었다. 나의 삶에서 문을 통과해 나가는 것은 위로 한 단계 올라가는 것이었다. 왜 이런 문에 집착하는 것일까?

다른 문과 자동 유리문의 다른 점은 문을 넘는 데 법적으로 아무런 문제가 없다는 점이다. 그동안 상징적인 문들을 사용할 때에는 불법적인 행위를 들키지 않으려는 데 스릴을 느꼈었다. 그러나 슈퍼마켓의 자동 유리문은 수많은 사람들이 사용한다. 그럼에도 내가 그 문에 접근했을 때 내 몸은 아프기까지 했다. 다리가 후들거렸고 이마에서 땀이 나는가 하면 배가 꽉 죄어 왔다. 이 아픈 기분에서 빨리 벗어나려고 그 문에서 도망쳐 나왔으나 그 문이 나를 따라오는 것처럼 느껴졌다. 자동 유리문 밖으로 빠져나와 슈퍼마켓 건물의 벽에 몸을 기대고 서 있었다. 심장이 뛰고 몸이 떨리면서 구역질이 나오려고 했다. 그 자동 유리문을 부수고 싶을 정도였다. 잠시 후 그 문에 대한 나의 고착증을 논리적으로 생각하기 시작했다. 무엇이 나를 그렇게 유혹하고, 왜 두려워하는가? 그냥 평범한 자동 유리문이 아닌가?

그래서 나는 이 문에 어떤 차별성이 있는지 생각했다. 환하게 보이고 비밀이 하나도 없었다. 나는 일기장에 이렇게 썼다.

이것은 하나의 유리문이다. 그러나 그것은 장벽이다. 의미심장한 것은 그 문을 통과하는 데 2초밖에 걸리지 않는다는 것이다. 한 정신적 상태에서 다른 정신적 상태로 옮아가는 것처럼, 거기에 서서 수없이 나갔다 들어왔다 해도 나는 항상 그 환경 속에 있는 것이 아닌가? 단, 그 환경에 대한 나의 인식이 바뀌는 것이다. 사람의 마음 상태를 바꾸면 그가 바뀌는 것이다. 환경은 변하지 않는다. 신비성이 없다!

자동 유리문에 대한 고착증에 시달린 지 3주 만에 나는 다른 손님들처럼 그 문을 쉽게 통과했다. 그 때 나는 서두르지 않고 그냥 걸어서 나갔고, 상당히 기분이 좋았다. 그 후 몇 주 동안 자주 그 슈퍼마켓을 방문했다. 어느 날 나는 슈퍼마켓에 가서 그 회전문으로 열 번쯤 들어갔다 나갔다 했다. 다만 두려운 것은 사람들의 비웃음이었다. 그 상점 주인은 내가 자주 들락거리는 것을 알았지만 아무런 말도 하지 않았다.

그 때 나를 괴롭힌 것은 자동 유리문에 대한 고착증만은 아니었다. 압박기 사용이 또 나를 사로잡았다. 겉으로 나는 그것의 유용성을 인정하면서도 속으로는 거칠고 뻣뻣했던 초창기의 것을 부정하지 않을 수 없었다. 가축에게 사용하는 가축 압박기와 내가 만든 압박기를 통합하는 일은 참으로 어려웠다. 그 이유 중 하나는, 가축 압박기는 그 속에 있는 가축들에게 많은 고통을 주기 때문에 잔인한 기구로 보인다는 점이었다. 때로는 일하는 사람들이 압박기 안에 있는 가축들에게 잔인한 짓을 하지만, 일반적으로 그 가축들을 비열하게 다루지 못하게 되어 있다. 근본적으로 가축 압박기는 농장 이름을 찍거나 예방 접종을 할 때 가축을 붙들어 놓기 위한 것이다. 압박기의 일반적인 개념은 가축을 잘 잡아 두게 하는 것이다.

내가 가축 압박기를 처음 사용했을 때 머리를 내미는

문에 머리가 조여 있었다. 처음 만든 것도 가축의 압박기처럼 딱딱한 나무판이었다. 차츰 나는 그 압박기를 좀더 부드럽게 개조했다.

유용성과 거부감에 관한 역설을 세울 때까지 표면화하는 생각이나 감정에 대한 두려움 없이 가축 압박기의 광고는 쳐다볼 수조차 없었다. 진짜 가축 압박기에 들어 있는 나를 사진으로 찍어 포스터를 만들고, 그것을 벽에 붙인 다음 그것에 대한 두려움에 직면했다. 마침내 압박기를 기쁨과 애정의 감정으로 대하는 상태에까지 이르게 되었다. 이를 통해 비로소 다른 사람에게 친절한 태도를 갖게 되었다. 나는 드디어 나의 압박기에 대해서 이야기도 할 수 있게 되었다. 그러나 나의 마음 한구석에는 아직도 압박기 사용에 대한 두려움이 있었다. 그 안에 들어가 있을 때 나의 생각과 감정에 대한 공포였다.

애리조나 주에서 박람회가 열렸다. 나는 몇 가지 현실에 직면해야 했다. 7년 전 나는 회전 원통을 타 보고 그것에 몰두하게 되었다. 연구에 의하면 가끔 자폐 아동들은 처음에는 빠른 움직임에 두려움을 느끼지만 나중에는 그것에 고착된다고 한다. 나는 다시금 그 회전 원통을 타 보면서 몇 가지 의심을 풀었다. 연구에 의하면 자폐 아동들은 일반적으로 심한 자극, 즉 정상 아동에게는 고통으로 느껴지는 자극을 좋아한다. 이런 강력한 자극에 대한 욕구가 때로는 자폐 아동들을 자해 행동으로 이끈다. 문득 회전 원통은 나의 가축 압박기에 대한 전신이었을 뿐만 아니라, 그것을 탈 때의 자극은 내가 처음 만든 압박기보다 두 배 이상이나 심한 것이었다는 사실을 깨달았다. 회전 원통 기구는 원심력에 의해서 나를 벽에 오징어처럼 찰싹 달라붙어 있게 했다. 나는 빠져나올 방법이 없었다. 그래서 그 원심력이 주는 감각에 따를 수밖에 없었다. 그 원통 벽이 마치 나의 등을 파고 들어오는 것처럼 고통스러웠지만, 나는 처음으로 원통 타기와 같은 심한 자극이 내가 가지고 있는 방어의 벽을 부수고 나를 기분 좋게 해준다는 사실을 알았다.

유원지의 회전 원통을 탄 후에 가축 압박기 전시장을 지나가게 되었다. 여러 생각과 감정들이 나의 신경계에 밀려들었다. 두려움 때문에 그 전시품으로부터 한 발짝 뒤로 물러섰다. 이제 나는 촉각에 대한 방어가 줄어들었고, 나이가 든 탓에 회전 원통에서 오는 심한 자극이 고통스러워 마치 병에 걸린 것처럼 느껴졌다. 내가 압박기를 처음 사용했을 때 나는 소에게 가한 압력보다 두 배나 높은 압력을 가했다. 내가 부드러운 감정을 이해하기 시작한 후부터는 너무 강한 압력은 오히려 나를 불편하게 했다.

그 날 밤 집에 돌아와 어머니에게 나의 무모한 감정, 자동 유리문에 대한 고착증, 그 압박기에 대한 나의 내적 갈등 들에 대해 편지를 썼다. 나는 별난 생각을 가진 괴상한 사람인가? 어머니한테서 답장이 왔다.

네가 남과 다른 것을 자랑스럽게 생각해라! 세상에 공헌을 한 모든 위대한 사람들은 남과 달랐고, 그들은 외로운 삶의 길을 걸어갔다. 일반 사람들이나 사회인들은 놀면서 시간을 보내지만, 템플, 너는 진정한 실제적인 일을 하고 있지 않니?

그리고 그 압박기에 대해서는 더 이상 걱정하지 마라. 그것은 너의 '위안물'이다. 네가 어렸을 때 모든 '위안물'을 거절하지 않았니? 너는 그것을 참을 수 없었지. 압박기에 대한 너의 관심은 자연적인 것이다. 인생에서 가장 어려운 것은 마음 속에 있는 불합리한 것을 해결하는 일이란다. 너의 성숙한 부분이 미성숙한 부분에 의해서 좌절당하는 경우지. 어린 시절 너의 동기에 대해서 부끄러워하지 마라. 그것들은 우리들의 환상적 삶의 깊은 곳에 있고, 또 그것은 삶의 좋은 원동력이다.

너는 상징들이 필요하고 너는 그것을 사랑하잖니? 예술 작품처럼 그 상징들은 네가 느끼는 실제적 표현이야. 결국 모든 예술은 상징이니까…….

며칠 후 나는 예전에 겪었던 증후로 고통을 받고 있다는 것을 알았다. 그 증후는 바로 익숙한 주변 환경, 낯익은 학생과 선생님들, 늘 다니던 교실에 대한 결핍이었다. 내가 무모한 것은 아니었다. 전형적인 자폐인들처럼 새로운 환경, 사람, 공부에 대한 반응이었다. 나는 심한 대장염으로 고생했다. 결국 대학원이 나에게 유일한 길은 아니라는 사실을 알았다. 박사 학위를 따기 위해 나는 최선을 다할 수 있지만, 나의 건강을 해치면서 할 필요는 없었다. 나는 공부를 했지만 건강을 해치지는 않았다. 통계학 코스가 살아가는 것과 배우는 것의 전부는 아니었다. 내가 슈퍼마켓의 자동 유리문에 가까이 갈 때 가끔 공포감을 느꼈다. 마침내 나는 그 자동 유리문을 통해서 나가는 능력이 '마치 학문을 이해하는 것처럼' 차츰차츰 생길 것이라고 생각했다.

가을 내내 나는 새로운 도전, 오래된 정신적 장애, 압박기와 싸웠다. 가축들에게 사용했을 때 거칠고 잔인한 도구를 어떻게 부드러워지고 남을 이해하는 마음이 생기도록 하는 데 사용할 수 있을 것인가? 나는 종교에 대해서도 생각했고, 또 어떻게 해서 종교적 상징들이 거칠고 이교도적인 의식에서 나왔는지도 생각했다. 오늘날 종교의 초창기 상징이 좀 수정되어 왔지만 그에 대한 정서적 영향은 아직도 상당히 강하다. 그것은 나의 압박기의 경우에도 마찬가지다. 초기에 만들었던 기계는 강하고 복종적인 힘을 발휘했다. 새로운 모델들의 압력은 부드럽고, 그 부드러움이 남을 이해하고 위하는 감정을 불러일으키는 데 커다란 역할을 한다.

누군가가 나에게 고양이를 좋아하면서 어떻게 고양이를 과학 실험 도구로 사용하느냐고 물었다. 나는 뭐라고 대답할 수가 없었다. 그 질문은 압박기의 근원에 대해서 내가 항상 나 자신에게 묻는 질문과 똑같은 것이다. 가축에게 복종하도록 강요하는 도구가 어떻게 인간에게 사랑을 우러나오게 하는 도구가 될 수 있는가?

자동 유리문을 통해서

1971년 2월 가축 사육장에서 소 130마리를 가축 압박기에 넣는 실제적인 작업을 했다. 그 전에는 가축 압박기를 조작하는 광경만 바라보았을 뿐이다. 이번에는 세 명의 다른 일꾼들이 나와 함께 일하는 것을 묵인해 주었다. 일꾼 한 명이 결근해서 그 사람을 대신할 일손이 필요했기 때문이다. 처음에는 내가 그 압박기의 머리를 끼우는 문을 잘못 조작해서 소 한 마리가 도망을 쳤다. 소를 압박기에 넣고 농장의 낙인을 찍거나 예방 주사를 놓거나 거세하는 작업을 했다. 나는 겁먹지 않고 잘했다. 곧바로 일자리로 가서 그 곳에서 오랫동안 같이 일했던 사람처럼 행동했다. 사육장의 카우보이들은 라디오를 켜놓고 음악에 맞추어 몸을 흔들며 순진한 어린이들처럼 즐겁게 일했다.

내 실수로 압박기에서 빠져나간 소에게 미안한 생각이 들었다. 밧줄에 묶여서 다시 끌려와야 했기 때문이다. 세 명의 일꾼들이 나의 실수를 너그럽게 봐주었다. 그들 중 한 사람이, "걱정마시오. 누구나 가끔 한 번씩 그렇게 놓칠 때가 있어요. 당신은 잘하고 있는 편이오"라고 말했다.

그 날 일을 끝낼 무렵 나는 자신에 대한 만족감으로 충만해 있었다. 동료들은 내가 일을 빨리 배운다고 칭찬해 주었다. "아주 잘했어요. 아가씨는 좋은 일꾼이오" 하고 일꾼 중 한 사람이 말했다. 가축 압박기 조작자로서의 내 능력에 대한 자신감과 일꾼들과 잘 어울린 능력에 대해 기쁨을 느끼며 일자리를 떠났다.

기숙사로 돌아오는 길에 나는 다시 슈퍼마켓으로 갔다. 자동 유리문을 통해서 걸어 들어갔다. 그 자동 유리문이 열릴 때 몸을 움츠리지 않았고 뒤에서 누군가가 미는 것처럼 달려 들어가지도 않았다. 다른 사람들처럼 정상적으로 걸어 들어갔다. 사람들과 잘 어울리는 것이 그 자동 유리문을 통과하는 것과 같다고 생각했다. 그 문에 천천히 접근해야만 했다. 그 문은 억지로 열 수 없다. 만약 억지로 연다면 문이 부서질 것이다. 인간 관계도 이와 마찬가지다. 인간 관계를 강요하면 그 관계가 이루어질 수 없다. 함부로 밀어붙였다가는 모든 일을 망칠 수 있다. 옳지 않은 한 마디의 말이 오랫동안 쌓은 믿음, 존경, 신뢰를 무너뜨릴 수 있다.

그 날 밤 나는 심리학과 파티에 갔다. 모든 사람이 떠난 후에 파티를 연 대표자와 오랜 시간 이야기를 나눴다.

"오늘은 뭔가 달라보이네. 다른 학생들도 그걸 알아챘을 거야." 그가 내게 말했다.

"달라진 건 없는데." 내가 대꾸했다.

"글쎄, 네가 학급 친구들과 잘 어울렸어. 그리고 네가 그들에게 정말로 관심 있는 것처럼 보였지."

"그래서?"

그는 목소리를 가다듬으면서 이렇게 말했다.

"그건 너의 평소 스타일이 아니었어."

"그럼, 평소의 내 모습이 어떤 건데?"

그는 잠깐 동안 마룻바닥을 내려다보더니 다시 나를 쳐다보며 입을 열었다. "글쎄, 사실대로 말하자면, 너희 학과 학생들은 네가 상당히 감정이 없고 같이 있으려 하지 않는 사람이라고 생각하지. 학급에서 네가 하는 말들이 가끔 독사를 쫓아낼 정도였거든."

나는 이렇게 말하고 싶었다.

'그건 내가 가축 압박기 조작자가 되기 전의 얘기지. 그리고 내가 자동 유리문을 통과할 수 있기 전의 일이야.'

그러나 나는 속으로만 대답했다. 그가 내 생각을 알아야 할 필요는 없었다. 나는 파티에 초대해 준 것에 대해 감사하고, 앞으로 좀더 친절해지도록 노력할 것을 약속했다. 내 방으로 돌아오면서 파티 대표자가 한 말을 생각하는데, 갑작스럽게 무언가가 내 머릿속에 떠올랐다. 20세가 몇 해 지난 그제야 비로소 내가 다르다는 것을 깨달은 것이다. 유치원에 다닐 때 나는 학급 친구들이 나와 다르다고 생각했고, 고등학교 시절에는 내가 그들에게 맞지 않아 이방인처럼 느껴졌다. 그러나 오늘밤 처음으로 나는 내가 진정 남들과 다르다는 것을 알았다. 나는 자폐인이다. 나는 특수한 사람이다!

나는 계속해서 가축 압박기 조작자로 아르바이트를 했다. 처음에 나는 가축들에 대해서 별로 관심을 갖지 않았었다. 그 곳에서 일하는 사람들처럼 가축들을 그냥 하나의 상품으로 보았다. 그러다가 차츰 가축들에게 관심을 갖게 되었고, 그러면서 나의 태도가 바뀌었다. 좋은 사람도 가끔 가축들에게 잔인할 때가 있었다. 그들을 괴롭히거나 충격을 주거나 두들겨 패기도 했다. 이러한 상황들이 나를 무척 괴롭게 했다.

그 후 가축 압박기와 사료 공급차를 파는 공장에서 일할 기회가 있었다.

일하러 가는 길에 남서부에서 가장 큰 도살장인 비프랜드를 지나갔다. 그 앞에서 잠깐 멈추어 공장 건물을 돌아보았다. 그 건물은 굉장히 큰 하얀 건물로 인상적이었다. 동부에서 자란 탓에 나는 도살장을 본 적이 없었다. 내가 취급했던 가축들을 생각해 보았다. 그들도 이 거창한 하얀 건물에서 마지막 운명을 맞았을 것이다. 이 도살장은 아주 정교해 보였다. 마치 병원과 같은 하얀 건물인데, 한쪽에는 나무로 된 경사로가 있고 다른 쪽은 하역장이어서 트럭들이 줄지어 있었다. 바티칸 궁전을 돌고 있는 기분이 들었다. 나는 들어가는 길을 찾으려고 애썼다. 그 비프랜드를 돌아보면서 가축들이 그 곳에서 잔인하게 다뤄지지 않기를 바랐다. 나는 가축들이 편안하게 죽을 수 있기를 바랐고 두들겨 맞으며 끌려 가기보다는 경사로를 스스로 걸어가기를 바랐다. 시끄러운 기계 소리가 나는 그 건물 안에서 어떤 일이 벌어지고 있는지 정말로 궁금했다. 그래서 그 도살장 안으로 들어가 보기로 결심했다. 이러한 결정이 나의 또 다른 고착증이 되었다. 그러나 이것은 자동 유리문과 같은 상징적 고착은 아니었고 실질적인 것이었다. 모든 인간이 두려워하는 죽음에 직면해야 했고, 삶의 의미를 찾으려고 노력해야 했다.

드디어 비프랜드의 도살장 안을 볼 수 있었다. 그런데

난 아무런 느낌도 받을 수 없었다. 그 곳에 대한 나의 반응에 나 자신도 놀랐다. 가축들이 경사로를 걸어 올라오면 '탕' 한 방을 맞고 끝장이 났다. 가축들은 전기 기절 장치라고 불리는 기계로 순간적으로 도살당했다. 이 도구는 가축의 뇌 속 깊이 고압 전기를 넣어서 가축들이 낙인 찍히거나 예방 주사를 맞을 때 당하는 고통보다 더 적은 고통을 주는 기계였다.

대학원 2학년 말에 나는 심리학에서 동물 과학으로 전공을 바꿨다. 말 타는 기쁨을 비롯하여 이모의 농장에 대한 흥미, 가축과 압박기에 대한 흥미까지 내 삶의 모든 단계들이 이 전공을 택하도록 나를 이끌었던 것 같다. 가축 압박기를 파는 시간제 아르바이트를 했고, 가끔 사육장을 방문하곤 했다. 동물 과학으로 전공을 바꾼 것은 아주 자연스러운 일이었다.

내가 압박기를 더 좋게 개선하게 된 것도 우연이었다. 사료 공장에서 수압으로 조작되는 가축 압박기와 우유 공장에서 기압 실린더로 조작되는 문을 본 나는 나의 압박기에 그러한 장치를 설치하기로 마음먹었다. 내가 압박기 안에 있으면서 받고자 하는 압력의 양을 레버를 눌러 통제할 수 있었다. 기압 공기 실린더를 사용한 도구들을 자세히 관찰해 보고 그것에 관한 공학적 원리들을 공부한 후에, 나의 압박기에 통제 밸브와 기압 실린더를 장치했다. 이 새로운 장치가 그 기계를 훨씬 더 편안하고 안락하게 해주는 도구로 만들었다. 압력이 조금씩 천천히 증가하면서 편안한 기분이 되어 어떤 장벽을 녹여 버렸다. 처음에는 이러한 것이 놀랍기도 하고 기분을 상하게 하기도 했다. 일기장에 그 기분을 다음과 같이 썼다.

이 기분은 문을 열고 맞은편에 무엇이 있는지 살펴보는 것과 같은 두려움이다. 그 문이 열려 안에 있는 것이 보이면 그것을 보지 않을 수 없기 때문이다. 때때로 나는 압박기 안에서, 남이 건드리는 것을 두려워하는 야생 동물처럼 느껴졌다. 처음에는 몸서리친다. 그러나 차츰 포기한다. 이번이 압박기의 네 번째 개조다. 개조할 때마다 촉각에 대한 나의 방어 벽을 차츰 무너뜨린다.

1973년 크리스마스 때 나는 어머니 집에서 시간을 보냈다. 그 때 나의 일생 중 가장 심한 신경 발작이 일어났다. 그 원인 중 한 가지는 오래된 자폐증에서 온 것으로 환경 변화 때문이었다. 또 다른 이유는 계절 변화로 낮 시간이 짧아진 때문이었다. 나는 애리조나에서 살 때 늘 가축 방목장에서 일했다. 이제 갑작스럽게 주위 환경, 일

네 번째 개조는 수압으로 조절되는 가축 압박기와 우유 공장의 기압 실린더 문을 보고 영감을 얻었다. 처음에는 타인의 접촉을 꺼려하는 야생동물처럼 반응했지만 개조할 때마다 촉각에 대한 나의 방어 벽을 차츰 무너뜨릴 수 있었다.

어나는 일, 일상 생활이 달라졌다. 크리스마스 시즌이 여러 가지 이유로 나에게는 스트레스가 많은 때라는 것을 알았다. 첫째, 내가 나의 생활 영역에서 벗어나 새로운 환경을 조정할 수 없었다. 다른 사람들의 욕구를 생각해야 했고, 내가 좋아하는 가축, 사육장, 가축 압박기로부터 멀리 떨어져 있었으며, 나의 압박기와 함께 있지 않았다. 둘째, 자존심에 상처를 입었다. 나는 애리조나 주 농장 회보에 몇 편의 글을 썼고, 그것으로 알려진 인물이었다. 그러나 여기 뉴욕에서는 농장 회보를 아는 사람조차 없었다. 그래서 이 곳에서는 나의 노력이 보잘것없는 것처럼 보였다.

어머니에게 이런 이야기를 했더니, 신문사에서 원고 청탁을 받은 기분으로 글을 써 보라고 권유했다. 어머니는 "얘야, 선택해야 할 두 가지 길이 있다. 하나는 여기서 편안히 지내다가 애리조나로 돌아가는 것이고, 다른 하나는 12월 27일까지 여기 머무르면서 글을 완성하는 것이다" 하고 말했다.

나는 어머니 집에 머무르기로 했다. 아마 나의 불안은 옛날의 기억들 때문이었을 것이다. 어머니는 내가 학교에서 문제가 많았을 때 정신과 의사에게 보냈던 편지들을 나에게 주었다. 그 편지들이 어린 시절의 내 행동이 얼마나 이상했고, 그로 인해 부모님이 얼마나 걱정했던가를 깨닫게 해주었다. 그 편지를 통해서 나의 부모님이 내가 '정상적' 인 생활을 하지 못할까 봐 무척 걱정했던 것도 알게 되었다.

뉴욕에 계신 어머니를 방문했을 때 나는 압박기를 장치할 생각이 없었다. 그러나 연말 연휴가 지나면서 나는 점점 스트레스가 쌓여 갔다. 나의 모든 에너지가 신경 발작을 일으키지 않도록 방어하는 일에 집중되는 듯했다. 내가 퇴보하는 것처럼 느껴져서 두려웠다. 할 수 없이 나는 옛날에 사용했던 낡은 압박기를 다시 설치했다. 그것은 나의 첫 작품이라 아주 불편했지만 그래도 나의 신경을 좀 안정시켜 주었다. 주위 사람들에게는 내가 사용하는 압박기가 의심스럽고 별로 호감이 가지 않는 것이었지만, 나에게는 두 가지 작용을 했다. 첫째, 자폐인에게 필요한 자극과 위축을 주어 나의 긴장을 편안히 풀어 주었다. 둘째, 따뜻하고 부드럽고 쾌적한 환경, 즉 애정을 주고받는데 도움이 되는 환경을 제공했다.

나에 관한 과거의 편지와 평가를 읽은 후에 어머니와 이야기를 나눴다. 나는 어머니를 만지고 싶었고, 그녀가 훌륭한 엄마였다는 말을 하고 싶었다.

집에 와서 일주일 동안 지내면서 나는 가축, 사육장, 가축 압박기들이 얼마나 나에게 중요한 것인지를 알았다. 무엇보다 집에 있으면서 뭔가 부족한 것 같은 기분을 느꼈다. 내가 가축들에게 빠져 있다는 것을 알고 있었지만, 집에 오기 전까지는 내가 그렇게까지 깊숙이 빠져 있는 줄은 알지 못했다.

연말 연휴가 지난 후 나는 애리조나로 돌아가서 사육장과 도살장을 찾아갔다. 나는 이제 진정으로 가축들에게 관심을 가지게 되었고, 그들의 두려움과 불안감도 느끼게 되었다. 오늘날 정육업자들은 가축에게 친절하고 인간적으로 대우해 주는 것이 가축을 다루는 고용인들의 사기를 높일 뿐만 아니라 이윤도 많이 창출한다고 말한다. 멍든 고기는 인간의 양식으로 사용할 수 없고, 또 스트레스를 받은 돼지고기는 질이 좋지 않다.

나는 일기장에 이렇게 썼다.

비프랜드 도살장에 들어가기 위해 줄을 서 있는 소를 만져 보면 그들이 불안을 느끼고 있음을 알 수 있었다. 때로는 가축을 만져 주는 것이 그들을 안정시킨다. 가축들이 곧 도살되기 때문에 그들에게 친절히 대해 줄 필요가 없다고 말하는 사람도 있다. 이 말에 대한 나의 대답은 이것이다. 만약 당신의 할머니가 병원에서 죽어 가고 있는데 담당 의사가 "죽어 가는 환자입니다. 할머니를 병실 구석에 놔둡시다"라고 말한다면 당신의 심정이 어떻겠는가?

사육장으로 돌아온 나는 가축들을 좀더 부드럽게 다룰 수 있었다. 어떤 카우보이들은 가축의 머리에 문을 쾅 내려 버리거나 수압 조절기를 너무 올려 가축을 강하게 압박하기도 했다. 그러나 친절한 카우보이인 알렌은 가축들을 괴롭히지 않으면서 부드럽고 빠르게 압박기를 조작하는 법을 보여주었다. 능숙한 압박기 조작자들은 압박기를 마치 그들의 손을 놀리는 것처럼 사용했다. 내가 압박기를 조작할 때 나 자신이 느긋한 태도를 취하면 가축들이 이리저리 날뛰지 않았다. 가축들도 인간의 긴장감을 느낀다.

어느 날 나는 비프랜드 도살장에서 전기로 기절시키는 일을 하면서 20마리의 소를 도살했다. 나는 이 일에 대해 별로 기분이 좋지 않았지만 신경 발작이 일어나지는 않았다. 그 날 저녁 집에 왔을 때 내가 가축들을 죽였다고 나 자신에게 말하지 않았다. 잠시 동안 내가 가축들의 천당 앞에 서 있는 성 베드로처럼 느껴졌다. 결국 도살장의 전문가가 되는 것은 진정으로 가축을 보살피는 예술이라는 것을 알았다. 역설적으로 나는 도살장에서 보살펴주는 법을 배웠다.

그 다음 해에 좀더 인간적으로 가축을 도살하는 도구를 디자인하는 회사에서 일을 했다. 내가 일하는 회사는 비프랜드 도살장에 새로운 경사로와 설비 장치를 설치하기로 계약했다. 가축들을 위해 '천국으로 가는 계단'을 만드는 것은 단순히 콘크리트 방으로 들어가는 철 경사로를 세우는 것만은 아니었다. 그 곳에서 일하는 모든 일꾼들과 나 또한 진정으로 그 일에 헌신했다. 때로는 서로 성질을 부리곤 했지만 일을 마칠 무렵에는 모두 좋은 친구가 되었다.

'천국으로 가는 계단'이 점차 그 모습을 드러내기 시작하자 내게 많은 생각이 떠올랐다. 나는 삶이 얼마나 가치있는 것인지를 알게 되었다. 나는 죽음에 대해서 생각하고, 신에게 가까워짐을 느꼈다. 비록 신이 우리 인간에게 가축을 지배하는 특권을 주고 우리가 그들을 이용하고 있지만, 가축들 또한 신의 창조물임을 느꼈다. 그래서 존경심을 가지고 가축들을 다뤄야 한다는 것을 깨달았다.

어느 날 나의 방 친구인 시각장애인이 내가 일하는 곳을 방문했다. 그녀는 압박 기구에 다가가 가축들을 만졌다. 그녀는 방문 후 '천국으로 가는 계단은 삶의 의미를 배우려 하고 죽음에 대한 두려움을 갖지 않는 사람에게 바쳐진다. 여러분은, 동물에 대한 존경심을 통해서 다른 인간을 존중하게 된다. 만지고, 듣고, 기억하라!' 라는 글을 썼다.

나는 일기장에 가축에 대한 느낌을 이렇게 적었다.

도살장의 압박기 옆에 다가가서 수송아지의 등을 만지자 내게 가축에 대한 동정심이 일어났다. 나의 동정심 때문인지 송아지의 두려움도 다소 가라앉은 것처럼 보였다. 몇 초 후에 송아지는 소고기가 되고 소의 본질은 하느님에게 돌아간다. 다른 생물의 삶을 위해서 또 다른 생물이 죽어야만 했다. 나는 그 수송아지에게 전에 느껴보지 못한 친근감과 존경심을 느꼈다.

머리가 아니라 가슴으로 깊이 이해하게 되면서 나는 가축을 죽일 수밖에 없다는 것을 알게 되었다. 죽이는 과정에 참여하는 것을 거부하는 것은 현실을 부정하는 행위가 될 것이다. 그 도살장에 올라가서 가축을 죽이는 것이 아직도 두려웠다. 식용 가축을 죽이는 기구들이 많이 발달했다. 동물에게 고통이 없고 조작하기도 쉽다.

사람은 본인의 행동과 그 결과의 의미를 알게 하는 양심을 가지고 있다. 생명체의 종말은 존경심을 가지고 바라봐야 한다. 이것은 나 자신이 나의 존재 의미를 좀더 잘 알게 해주었다. 가축들을 죽일 수밖에 없다는 것을 알게 됨과 동시에 그들에 대한 존

템플이 설계한 존 웨인 가축장의 공중사진. 그녀가 고안한 가축시설은 거의 다 둥글다.
이것은 가축의 자연스런 회전 행동을 이용한 것이다. 그녀는 가축들을 진정으로 이해하고 존경했다.

경심과 부드러운 태도를 유지하게 되었다. 죽이는 것은 가혹한 행동이지만 자연적인 삶의 한 부분이며, 부드러움 또한 자연적인 삶의 한 부분일 것이다. 가축에 대한 존경심을 잃어버린다면 도살 과정은 마치 공장에서 상자에 고기를 넣고 포장하는 것에 불과하게 되고 도살자는 잔인한 사람으로 바뀌게 된다. 한편, 많은 사람들은 가축들이 죽어야 한다는 사실을 회피한다.

기르고 거두어들이면 음식이 되는 가축이나 식물을 존중할 줄 아는 사람은 삶의 의미를 배우는 첫 단계에 들어설 수 있을 것이다. 농부는 대지와 가장 가까운 사람이라고 말한다. 현대의 테크놀러지 사회에 사는 대다수 사람들은 이 대지와의 만남을 잃어버렸다. 결국 그들의 가치는 보잘것없는 것이 되고 말았다.

나는 가축들을 어루만지고 신뢰감을 줌으로써 그들을 존중한다. 가축 쇼에 나오는 훈련사들은 가축을 다부지게 만진다. 연구 보고에 의하면, 동물을 가볍게 만지면 오히려 경계하는 효과가 나타나고, 야무지게 만지면 안정시키는 효과가 나타난다고 한다. 혼수 상태에 있는 환자를 사람이 만져 주면 혈압이 떨어진다. 나는 브라만과 헤리퍼드 잡종인 송아지들을 압박기에 넣고 만지면서 길들였다. 원숭이와 돼지에 대한 연구에 의하면, 그들을 쓰다듬어 주면 조용해지고 얌전해진다고 한다. 안정감을 주는 촉각 자극은 병아리들의 엔돌핀을 높일 수 있다. 촉각 자극이 모든 어린이에게 필요하지만 자폐 아동에게는 필수적인 것이다. 자폐인에게서 촉감에 대한 방어를 극복시키는 것은 가축을 훈련시키는 것과 같다. 동물은 사람이 처음 만지면 주춤하며 도망친다. 그러다가 점차 사람이 만져 주는 것을 받아들이고 즐기게 된다.

나도 점차 사람들과 '정상적'인 정서 관계를 경험하게 되었다. 로나 킹이 나에게 일곱 살짜리 자폐 아동을 데리고 유원지의 놀이기구 타기를 권했다. 그 아이와 내가 강한 전정 기관 자극과 촉각 자극의 즐거움을 공통적으로 느낀다는 것을 알기 때문이었다. 카니발의 놀이 기구를 탄 후에 나는 다음과 같이 일기장에 기록했다.

내가 지미와 같이 놀이 기구를 탔을 때 나는 그것을 타고 있다는 것을 완전히 잊어버렸다. 나는 어떻게 하면 지미가 두려워하지 않을 것인지를 확인하는 데 모든 신경을 집중했다. 나는 그의 손을 잡고 그를 꽉 붙들어 주었다. 나에 대한 방어는 신경쓰지 않았다. 그러나 놀이 기구를 타고 난 뒤 좀 어지러웠는데, 그것은 나의 방어가 침범당했기 때문이다. '회전 원통'을 지미와 함께 탄 것은 내가 이제 기계에만 반응하는 것을 넘어서 사람에게도 반응하도록 하기 위해서였다. 그것은 지미가 공포에 질려

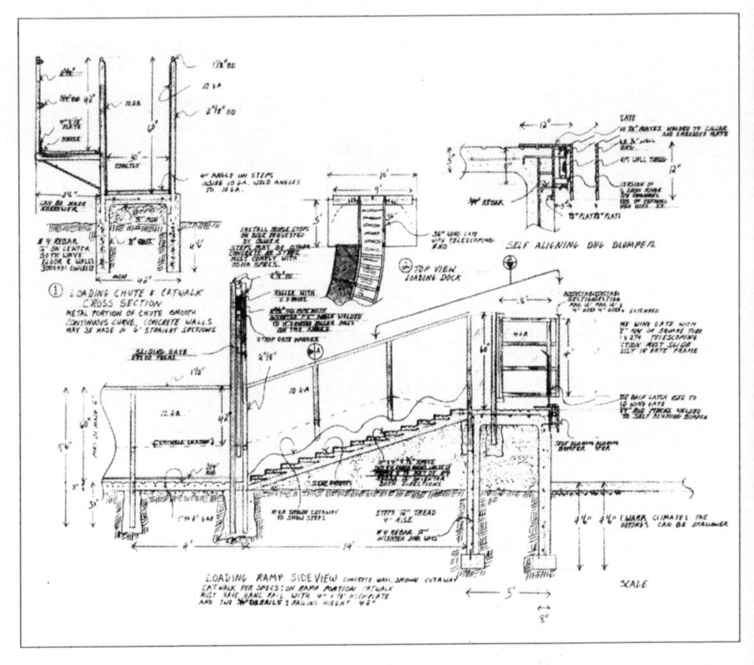

템플이 그린 가축 압박기의 설계도. 그녀는 사육장 가축 압박기에 대한 디자인을 주제로 대학원 논문을 썼다. 이것은 미국에서 나온 최초의 가축 행동 연구물이 되었고 그 분야의 선구적인 작업이었다.

있을 때 오직 나만이 그가 기댈 수 있는 사람이었기 때문이다.

하나의 고착증으로 시작했던 일이 인간적인 도구와 시설을 만들어 가축들에 대한 인간의 배려를 증진시키는 헌신으로 바뀌게 되었다. 축산업에서는 영양학과 유전학이 가축의 행동이나 취급법을 다루는 동물학보다 훨씬 더 발달했다.

대학원을 졸업할 때, 나는 사육장의 가축 압박기에 대한 디자인을 주제로 논문을 썼다. 이것은 미국에서 나온 최초의 가축 행동 연구물이 되었다. 가축의 행동과 취급에 대한 나의 논문은 그 분야의 선구적인 작업이었다. 수의학과 영양학 분야에 있던 나의 지도 교수는 동물의 행동과 취급법에 관한 연구는 학문적 주제가 못 된다고 했었다. 나의 고착적인 경향이 이러한 상황에서는 오히려 도움이 되었다. 즉, 내가 그 주제에 대해 계속 흥미를 갖도록 했다. 어떤 목적이든 달성하려면 어느 정도의 고착성이 요구된다. 그렇지 않았다면 아마도 나는 "오, 제기랄! 그렇다면 교수가 원하는 쪽으로 논문을 써야겠군" 하고 말했을 것이다. 고착하는 경향은 모든 인간에게 다 있지만, 자폐인들은 더욱더 많이 가지고 있다. 그 논문을 쓴 이후 나는 가축 취급법에 관해 100편 이상의 글을 써서 전문지와 축산업 신문에 발표했다.

어른이 되어서 자폐적 성향을 어느 정도 극복했다. 나는 더 이상 사람들을 때리거나 성가시게 하지 않지만, 아직도 부족한 분야들이 있었다. 내가 가축 취급에 관한 글을 발표하러 빈에 갔을 때 독일어로 의사소통을 할 수 없어서 너무 실망했다. 내가 어렸을 때 경험했던 것처럼 한 단어로 의사소통하는 상태로 다시 돌아가는 것 같았다. 외국 도시에서 길을 잃었을 때 내가 할 수 있는 것은 단지 소리를 지르지 않는 것뿐이었다. 회의 기간 동안 지나친 스트레스를 받았고, 그로 인해 피부병에 걸렸다. 그 병은 스트레스로 신경 말단에 염증이 생기는 것이었다. 어른이 되는 것이 자폐인의 특성들을 덮어 줄 것 같지만, 그것들은 아직도 내 속에 살아남아 있다. 그런 상황에도 불구하고 전 세계에서 모인 과학자들 앞에서 내 글을 발표했는데, 그 논문이 육질 연구자들의 유럽회의에 발표된 가장 훌륭한 4편의 논문 가운데 하나로 인정되어 특별 표창을 받았다.

일 · 적응 · 생존

나에게는 그림 그리는 것과 같은 매우 시각적이고 공간적인 작업이 쉽다. 나는 철근과 콘크리트로 된 거대한 가축장을 고안했다. 그러나 전화번호를 암기하거나 수를 암산하는 일은 상당히 어렵다. 추상적 개념을 기억해야 할 경우, 나는 나의 생각 속에 있는 쪽지나 책의 페이지를 '본다.' 그리고 그 속에 있는 정보들을 '읽는다.' 시각적 형상 없이 기억할 수 있는 것은 멜로디뿐이다. 들은 것이 감정을 불러일으키거나 시각적인 형상을 형성하지 못하면 나는 그것을 거의 기억할 수 없다. 인간 관계와 같은 추상적 개념들을 생각해야 할 때, 나는 시각적 추리법을 이용한다. 예를 들면 인간 관계를 생각하려면 부드럽게 열리지 않으면 깨지는 유리 자동문과 같은 것을 연상한다. 연구에 의하면, 자폐 어린이들과 의사소통을 효과적으로 하기 위해 그림을 이용할 수 있다. 또 다른 연구에 의하면, 자폐 아동들은 말보다는 글자를 더 잘 이해한다고 한다. 오늘날까지도 나는 'over'와 'other'의 발음을 혼동한다. 그리고 'freight'와 'receive' 같은 단어의 철자를 혼동한다. 나는 아직도 왼쪽, 오른쪽, 시계 방향, 시계 반대 방향의 개념을 내 손으로 방향을 가리켜 보일 때까지는 혼동한다.

통계학을 배운 지가 거의 10년이 지났다. 그러나 이 과목을 택했을 때 난 첫 시험에 실패했다. 그리고 한 가지 일에 몰두하고 있으면 나의 머릿속에 다른 정보를 간직할 수 없다. 수학적 기호를 해석하면서 동시에 방정식을 풀 수 없었다.

최근에 나는 나의 능력과 핸디캡을 알아내기 위해서 몇 가지 검사를 받았다. 히스키-네브라스카Hiskey Nebraska 공간적 추리력 검사에서 내 점수는 정상보다 높게 나왔다. '공간적 · 시각적 능력이 탁월한데 이 부분 검사의 상한점이 너무 낮아 정확히 판단하기는 어렵다'는 진단을 받았다. 이 검사는 시간 제한이 없었다.

유아 학습 준비도 검사인 우드쿡 존슨Woodcock-Johnson 검사의 공간 관련 항목에 대한 내 점수는 아주 낮았는데, 그 검사는 시간 제한이 있어서 최대한 빨리 풀어야 했기 때문이다. 나는 각 항목을 정확하게 풀었지만 시간 관계로 모든 항목을 풀 수는 없었다. 따라서 이 검사에서 '아주 시각적이고 종합적인 생각을 가지고 있다. 그 결과, 주어진 많은 자료들을 시각적으로 통합하고, 모든 정보를 시각적인 형태로 이해한다'는 진단을 받았다.

내가 가축 도구를 디자인할 때 시각적 이미지를 형성하기까지는 시간이 걸린다. 그 이미지는 내가 그림을 그리는 것과 동시에 부각된다. 전체 이미지가 형성되면 나는 그 안에 가축이나 사람들을 배치하고, 여러 가지 다른 상황에서 그들이 어떻게 행동할 수 있는지 상상할 수 있다. 나는 나의 이미지를 회전시킬 수 있고, 그것이 영화처럼 내 마음 속에서 움직이게 할 수 있다. 비시각적인 생각을 하는 것이 어떤 것인지조차 나는 상상할 수 없다.

우드콕 존슨 검사 중에서 아주 높은 점수를 받은 분야는 문장 기억, 그림 어휘, 반의어, 동의어 부분이었다. 나는 숫자 기억 부분을 상당히 잘했는데, 그 검사를 잘해내는 방법을 알아냈기 때문이다. 나는 번호들을 큰 소리로 반복해 읽었던 것이다.

혼성어 검사에서 받은 나의 점수는 2학년 정도의 수준이었다. 이 검사는 1초에 한 구절의 소리를 내는 단어를 알아내는 것이다. 시각, 청각, 학습 검사에서는 임의로 주어진 기호, 예를 들면 깃발이 말을 뜻한다는 것을 기억하고 영어로 번역하는 것인데, 이 부분도 2학년 수준이었다. 내가 배울 수 있는 유일한 상징들은 시각적 이미지로 바뀔 수 있는 것이다. 예를 들면 깃발을 보았을 때 깃발을 들고 말을 타는 사람을 연상하는 것이다. 명사가 동사보다 배우기 쉬웠다.

분석 종합 검사는 색깔이 있는 사각형을 여러 가지로 조합하는 검사인데, 나는 4학년 수준이었다. 이 검사는 꽤 긴 시간의 집중력을 요했다. 때때로 나는 집중하는 데 어려움이 있는데, 그것이 설계도를 그리거나 도구를 디자인하는 일에 결코 영향을 끼치지는 않았다. 그러나 가끔은 통계 강의와 같이 체계를 요구하는 학습에는 문제가 됐다.

개념 형성 검사에서는 4학년 수준이었다. 이 검사는 하나의 형태와 다른 형태로 된 세트를 비교하는 것이었다. 단지 기억 속에 한 개의 개념을 넣고 그 후 다른 세트가 머릿속에 있는 개념과 같은 것인가 다른 것인가를 선택해야 하는데, 잘하지 못했다. 문제는 답을 찾는 동안 내가 처음에 기억했던 개념을 잊어버리는 일이었다. 만약 처음의 개념을 글로 쓰라고 했다면 훨씬 더 잘했을 것이다.

히스키-네브라스카 검사의 부분 검사인 시각 집중력 검사는 내가 형편없이 한 분야다. 이 검사는 체계적인 그림을 한 번 보여주고 섞여 있는 그림들 가운데 앞에서 보여준 그림들을 찾아 그것을 정확한 순서대로 배열하는 일이다. 나는 맞는 그림들을 찾아냈지만 그것들을 체계적으로 배열하는 일은 잘해내지 못했다.

내가 어려워했던 또 다른 검사는 디트로이트Detroit 학습 적성 검사의 하위 영역 검사인 언어 구두 검사였다. 이 검사는 주어진 체계의 기억력과 함께 집중력을 측정하는 것이었다. 주어진 지시 사항들을 기억해서 검사지에 연필로 그리거나 쓰는 방법으로 평가했다. 즉, 단기 기억에 정보를 제공해서 그 정보를 행동으로 표현하도록 하는 것이었다. 나는 주유소에서 길 안내를 받을 때 세 개 이상의 길 이름이나 방향들이 나오면 적어야 한다. 내가 한 모든 검사에서 나타난 문제점은 나의 머릿속에서 한 정보가 다루어질 때 동시에 다른 정보를 보유할 수 없다는 것이었다. 나는 여러 가지 독서 장애적 특성을 지니고 있는데, 체계적인 기억이나 외국어를 배우는 데 어려움을 느끼는 것이 그것이다. 예컨대 'revolution'과 'resolution' 같은 비슷한 단어들을 혼동하거나 배운 것을 상기시키기 위해 시각적 책을 사용한다.

그러나 시각적 사고력이 도구 디자이너에게는 중요한 재산이다. 나는 프로젝트의 모든 부분들이 어떻게 조화될 것인가, 그리고 일어날 문제들이 있는가를 '볼 수' 있다. 때로는 나도 체계적인 사고가 필요한 이 디자인 작업에서 실수를 하는데, 이것은 전체를 보지 못하기 때문이다. 나에게 통계방정식이 어려운 것만큼, 기술자들은 체계적 사고로 기계장치를 설계하는 것을 어려워할지 모른다. 많은 경우, 내가 일하고 있는 분야에서 박사 학위를 소지한 기술자가 하지 못하는 디자인을 고졸의 우수한 관리인들이 하는 것을 보았다. 가끔 내게는 아주 명확하고 쉬운 부분을 기술자들이 실수하는 경우도 보았다. 사고에는 두 가지 기본적 종류, 즉 시각적이거나 체계적인 것이 있다. 교육 검사국에서 발표한 연구에 의하면, 지금의 고등학생들보다 20년 전의 고등학생들이 삼차원 물체를 시각화하는 능력이 더 높았다고 한다. 교육 검사국의 수석 연구원인 토머스 힐튼은, "오늘날의 유명한 기술자나 건축 설계사는 20년 전의 고졸 건축 설계사보다도 질적 능력이 떨어진다"고 말했다.

심리 검사의 잘못된 해석은 우수한 시각적 사고인들을 지능이 낮은 사람으로 진단할 수도 있다. 아인슈타인은 고등학교 언어 필수 과목에서 실패한 우수한 시각적 사고자였다. 그는 연구를 할 때 시각적 방법에 의존했다. 최근 연구에서는 왼쪽 뇌의 발달이 지연된 사람이 재능을 가지고 있다는 사실을 알아냈다. 만약 자폐증과 난독증을 궁극적으로 예방할 경우에는 이러한 분야에서 유능한 사람을 평범한 사람으로 바꾸는 결과를 가져올지도 모른다. 한 예로 난독자의 뇌 해부 결과 왼쪽 뇌의 발달에 장애가 있고 신경세포들이 잘못된 방향으로 자란 사실이 밝혀졌다. 왼쪽 뇌의 손상이 오른쪽 뇌의 신경 발달을 촉진시킨 것이다. 하버드 의과 대학 앨버트 캘러버다는, "그러한 뇌의 상태는 난독자들 중에 예상 외로 많은 사람이 음악에 특별한 재능을 보이거나 시각적 · 공간적 능력을 지니고 있으며, 또 왼손잡이라는 사례로 설명할 수 있다"고 말했다.

시각적 상상력은 난독자들이 어떻게 해서 한 조직의 경영자가 될 수 있는지를 설명할 수 있다. 그들은 자세한 세부적인 내용보다는 통합적인 사고를 그들의 사업에 적용하고 전체적인 비전을 지니고 있기 때문이다.

난독자들처럼 자폐인들도 왼쪽 뇌에 장애가 있다. 예일대학에서 실시한 CAT 스캔은 일부 자폐 아동들의 왼쪽 뇌에 결함이 있음을 발견했다.

인공 지능을 이용한 연구가 자폐 문제의 본질을 이해하는 데 어느 정도 도움이 될 것이다. 최근까지 모든 컴퓨터는 문제 해결에 체계적 방법을 사용했다. 인공 지능에 대한 국가적 회의에서 '볼츠만 기계'가 소개되었다. 이 컴퓨터는 거대한 평행적 조직력을 가지고 있다. 그 컴퓨터 회로는 체계적이기보다는 평행적 작용을 한다. 시각적 사고와 많은 평행적 회로를 통한 정보 통과는 유사한 것이다. 최근 문헌 연구에서 보스턴 대학의 데보라 페인과 그의 동료들은 '자폐증에 나타나는 신경적 장애는 현재 이론적으로 나타난 것보다 훨씬 더 산발적이고 이해하기 어려우며 더욱 다양한 것이다'라고 결론을 내렸다.

이러한 연구는 특정한 치료법이 어떤 어린이에게는 작용하는데 또 다른 어린이에게는 효과가 없는가 하는 문제를 설명할 수 있다. 손상된 뇌의 부분이 사람마다 크게 다를 수 있다.

나는 이제 더 이상 나의 신경 기관에 끌려다니지 않는다. 하루 50mg씩 복용하는 이미프라민과 토프라닐이 신경을 통제한다. 토프라닐 치료는 《심리학의 오늘》이라는 잡지에 발표한 P. H. 웬더와 D. F. 클라인의 글을 통해 알았다. 이미프라민은 나의 신진 대사를 조절하고, 들어오는 감각 자극이 중추 신경에 미치는 예민성을 감소시킨다. 토프라닐은 뇌 속에 있는 B-아드레날린 수용체의 예민성을 감소시킨다. 그 수용체들은 감각적 자극을 통과시키는 뇌의 복잡한 신경 회로들이다. 청색 반점이라 불리는 뇌 부분에 있는 수용체의 예민성을 줄이는 것은 뇌가 받는 감각적 영향을 줄인다. 이것은 자동차 카뷰레터의 아이들idle 나사를 조정하는 것과 같다. 이 약을 복용하기 전에는 마치 자동차의 엔진이 빨리 달리고 있는 것처럼 느껴진다. 그러나 복용한 후에는 엔진이 정상 속도로 달리게 된다.

최근의 연구에서는, '공포적 불안증'은 항우울제를 써서 성공적으로 치료할 수 있으며 그 증상은 아마도 유전적인 요인일 것이라고 한다.

삶에 대한 근본적인 의미를 미치도록 추구하던 시기도 이제는 지나갔다. 더 이상 한 가지 일에 집착하지 않았다. 지난 4년 동안 나는 일기를 거의 쓰지 않았는데, 그 이유는 항우울제가 많은 정열을 제거해 버렸기 때문이다. 조금 가라앉은 정열을 가지고 나는 나의 일과 가축 도구 디자인 일을 잘 처리해 나갔다. 내가 좀더 느슨해진 탓으로 다른 사람들과 잘 어울렸고, 스트레스로 인해 고생하던 장염도 사라졌다. 그러나 만약 20대 이전에 내가 그 약을 복용했더라면 지금까지의 성취는 없었을 것이다. 스트레스에 연관된 문제들로 나의 몸을 망쳐놓기 전까지는 그것들이 나에게 커다란 동기 유발체였다. 자폐적이거나 난독적인 특징들이 때로는 일반인, 특히 지나치게 열정적인 사람들에게 나타날 수도 있다. 사람이 어떤 일을 성취하려면 어느 정도의 불안과 고착증이 필요하다.

오늘날 나는 나의 전공 분야에서 성공한 편이다. 나는 농장 · 사육장 · 도살장 등 가축을 다루는 시설을 디자인하면서 미국 · 유럽 · 캐나다 · 오스트레일리아를 돌아다닌다. 나 자신의 경험들이 시설을 이용할 가축에 대한 깊은 관심을 지니게 했고 그로 인해 나는 좀더 나은 도구를 개발할 수 있었다. 예를 들면 내가 고안한 가축 시설은 거의 다 둥글다. 이러한 디자인은 가축들이 곡선으로 된 길을 좀더 쉽게 따르기 때문이다. 여기에는 두 가지 이유가 있는데, 첫째 가축은 다른 쪽에 무엇이 있는지 볼 수 없고, 그래서 불안해진다. 둘째는 곡선으로 된 장치는 가축의 자연스러운 회전 행동을 이용한다. 그런 원리는 가축의 행동에 반대되는 것이 아니라 행동에 맞게 고안된 것이다. 나는 이와 같은 원리를 자폐 아동들에게 적용해야 한다고 생각한다. 그들과 반대되지 않고 그들의 특성에 맞춰 연구해야 한다. 즉, 자폐인의 숨겨진 능력을 발견하고 개발해야 한다. 나는 지금 일리노이 대학에서 가축과학 분야의 박사 학위 과정을 밟고 있는 학생이다. 나의 박사 학위 논문 주제는 가축의 환경적 풍요함이 그들의 행동과 중추 신경 발달에 끼치는 영향에 관한 것이다. 그 대학의 연구에 의하면, 뇌는 유연해서 환경 자극에 쉽게 반응한다고 한다. 다 자란 성인의 뇌도 주어지는 자극에 따라서 새로운 뇌 신경 회로를 계속적으로 성장시킬 수 있다.

여러분이 알다시피 나는 자폐인의 신경학을 연구하는 데 많은 시간과 노력을 투자했다. 그것이 나 자신을 더 잘 이해하는 길이라고 생각했기 때문이다. 또 그렇게 함으로써 타인을 돕기 위해 나의 경험을 좀더 과학적인 차원으로 연결하고자 했다. 지난 몇 년 동안 치료사, 부모, 자폐인의 교사들을 돕기 위해 마련된 워크숍에서 연설을 했다. 한 워크숍에서 같이 발표한 내 친구 로나 킹이 나에게 다음과 같은 편지를 썼다.

템플에게

지난 주 시카고에서 네가 한 강의를 들은 후에, 12년 전 피닉스에서 열린 자폐 아동 협회에서 네가 처음으로 대중 앞에서 말했을 때를 떠올리지 않을 수 없었다. 그 때 사람들이 별로 많지 않았음에도 불구하고 너는 아주 불안해했고 긴장했었지. 그 때 너의 말은 강하게 눌려 있다가는 폭발적으로 나오는 것처럼 들렸어. 너는 몸이 굳은 채 장대처럼 서 있었고, 연설이 끝난 후 상대방이 악수를 청하자 눈에 띄게 불안해했었지.

그런데 시카고에서의 연설은 얼마나 그 때와 대조적이었는지 몰라. 너는 전혀 긴장하지 않은 것처럼 보였고, 너의 말은 유머러스했으며, 청중들은 그 유머를 즐겼단다. 또 청중들의 질문에 쉽게 대답했고, 쉬는 시간에는 그들 속에 섞여서 서슴없이 악수를 했으며, 상당히 침착하고 자신감이 있었어.

옛날처럼 한 주제에 집착하는 경향이 사라진 것 같았어. 내가 알기로 예전의 너는 한 주제에서 다음 주제로 넘어가기가 어려웠지. 네가 그 문제를 알고 있음에도 불구하고 어쩔 수가 없었잖아? 이제는 완전히 지나간 일처럼 보인다.

네가 이처럼 끊임없이 성숙하고 발전하는 것이 얼마나 자랑스러운지 몰라! 너는 발전하려고 노력하는 우리 모두를 격려하는 큰 힘이야!

그녀의 편지는 최근에 아동과 관련된 유아원, 학교, 기타 기관들에 적용되는 '손대지 말기' 정책에 관한 글을 상기시킨다. 나는 그 이유를 이해할 수 있다. 아동을 모욕하는 것은 큰 죄이기 때문이다. 그러나 거기에는 형평성이 있어야 한다. 공부를 잘하거나 일을 잘하는 아동을 칭찬하기 위해서 선생님이, "네가 네 등을 두드려라" 하고 말한다면 얼마나 우습고 어리석은 일이 되겠는가! 모든 어린이는 촉각적 자극이 필요하고, 자폐인들은 특히 더 그러하다.

자폐인과 현실 세계

여러분은 이 책을 통해서 내가 나의 상징적 문들을 거쳐 현실 세계로 나오는 과정을 보았다. 자폐 아동을 가진 부모나 자폐인과 같이 일하는 전문가 여러분에게 그것은 무엇을 의미하는가?

첫째, 모든 아동들처럼 자폐 아동들도 각각 다르다. 어느 한 자폐 아동에게 적용되는 방법이 다른 아동에게는 적용되지 않을 수 있다. 물론 어떤 특정한 학습 원리가 모든 사람들에게 적용되는 것도 사실이다. 교육 목적은 각 아동이 보이는 특정한 행동 반응을 관찰하고 찾아서 거기에 맞추어 지도하는 것이다.

아동이 흥미로워하는 것을 찾거나 그가 상상하는 바를 포착해야 한다. 만약 아동이 화장실에서 하루 종일 서서 변기물을 내린다면 여러분은 왜 그런 행동을 하는지 생각해야 한다. 즉, 물소리를 들으려 하는 것인지, 아니면 물 내리는 손잡이를 조작하는 재미 때문인지, 혹은 손잡이를 내리면 물이 나오는 원인과 결과에 매혹되어 있는 것인지를 따져 보아야 한다. 행동의 원인을 찾은 다음에는 거기에 대한 방법을 다른 곳에서 찾도록 방향을 바꾸어 주어야 한다.

어렸을 때 나는 빙글빙글 도는 것을 좋아했다. 유원지에 있는 회전 원통에 빠져 있었고, 그것을 타는 데 많은 시간을 보냈다. 간질 경험이 없는 사람의 경우, 회전 행동이 귓속에 있는 전정 기관의 작용, 즉 평형 · 적응 · 지각을 발달시키는 데 도움이 된다는 실험 연구도 있다. 한 가지 주의할 점은 구토할 정도까지 심하게 도는 것이 목표가 아니다. 빙글빙글 돌고 난 후 평형을 찾으면서 눈에서 불똥이 보이는 정도까지가 적당하다.

내가 만든 압박기가 자폐 아동들이 촉각 방어를 극복하는 데 도움이 될 것이라고 생각한다. 그 기계를 사용함으로써 타인의 접근이나 접촉을 받아들이고, 또 상대방의 사랑도 받아들이게 될 것이다. 만약 자폐 아동이 사랑을 받아들이는 법을 배우면 타인을 돕는 법도 배우게 될 것이다. 고도 기능 자폐인의 경우에 나타나는 동정심의 부족이 없어질 것이다. 압박기나 또 다른 압력 자극기 등이 감각 통합 치료에 사용될 수 있다. 그것은 과잉 반응하는 신경계를 안정시키고 과잉 행동을 감소시킬 수 있다. A. 진 애리스가 개발한 방법을 사용하는 감각 통합 전문가들도 있다.

조심스럽게 관찰하는 사람이 되어야 한다. 어린이가 좋아하는 운동 반응뿐 아니라 싫어하거나 괴로워하는 것이 무엇인지도 관찰해야 한다. 많은 자폐 어린이처럼 나도 시끄러운 소리를 견딜 수 없었다. 그리고 팔을 벌려 힘껏 포옹해 주는 것을 참을 수 없었는데, 마치 질식당하는 것처럼 느낄 정도였다. 예를 들면 비뚤어진 방의 모형을 만드는 것처럼 나는 조작하고 만지기를 좋아했다.

때로 전문가들이 다음과 같이 말할 것이다. "내가 2년 전에 검사했는데, 빌리는 그것을 안 하지요. 또는 할 수가 없어요." 그 상황은 2년 전의 상황이다. 현재의 이야기는 아니다. 검사나 관찰이 정규적으로 이뤄져야 한다. 자폐아를 포함한 모든 아동들은 정지되어 있지 않다.

자폐 아동에게 몸의 근육 조직에 대해 가르치거나 운동 근육 학습을 통해서 자신의 운동 감각을 사용하도록 적극 권장해야 한다. 나는 촉각적으로는 매우 예민했으나 운동 감각을 통해 많은 것을 배울 수 있었다. 모든 기초 학습의 원리는 촉각에서 나왔다. 자폐 아동뿐만 아니라 모든 아동들에게 이러한 방법을 사용해야 한다. 촉감을 자극하는 다양한 물건, 즉 모직천, 사포, 찰흙, 비단 헝겊 등을 사용할 수 있다. 자폐인을 위해서는 음악을 들려주거나 리듬 있는 활동을 하는 것이 아주 바람직하다. 말을 못 하는 비언어적 자폐인도 때로는 말로 할 수 없는 단어를 노래로는 표현할 수 있다.

우리에게는 누구나 다 사적인 장소가 필요하다. 자폐 아동도 숨거나 자신의 내적 세계에 들어갈 수 있는 그들만의 비밀 장소가 필요하다. 결국 자폐증은 '테두리 안, 자기만의 세계에만 머물러 있는' 장애다. 그렇기 때문에 자폐 아동은 그들 자신이 숨을 수 있는 안정된 곳이 필요하다. 나의 경우 숨을 곳이 있었으며 그 곳에서 나 자신에 대해 생각하거나 재충전할 수 있었다.

애완 동물을 자폐 아동에게 처음 소개할 때 주의해야 한다. 그들은 혼란한 지적 능력 때문에 애완 동물을 잘못 다룰 수도 있다. 따라서 처음에는 부드럽고 털이 있는 장난감 동물 인형을 주어서 다독거리거나 쓰다듬는 법을 배우게 한다. 아동이 장난감 동물을 다루는 방법에 대해 확실히 이해하게 되면 진짜 애완 동물을 소개한다. 이 애완 동물을 부드럽게 껴안거나 만지게 한다. 자폐인의 치료에 애완 동물들이 효과적이라는 사실이 입증되고 있다. 물론 애완 가축이 자폐 아동뿐만 아니라 노인이나 병약한 사람들의 치료에도 도움을 준다.

행동 수정 방법은 자폐인을 지도하는 하나의 방법이다. 이 지도의 난점은 대체로 자폐인은 하나의 일이나 기술을 일반화할 수 없다는 것이다. 예를 들면 스푼을 사용해서 아이스크림 먹는 법을 배운 아동이 그 기술을 전환하여 수프를 먹을 때도 스푼을 사용할 수 있을까? 대개 자폐 아동들은 어느 상황에서 하나의 기술을 배우지만 다른 상황에서 그 기술을 사용하지 못한다. 따라서 각 기술을 그때그때 상황에 맞게 새로운 과제로 지도해야 한다. 그러나 자폐 아동이 배운 기술을 여러 상황에 일반화할 수 있을 때, 그 아동은 현실에 가까워지고 있는 것이다.

자발적인 반응을 주의깊게 관찰하라. 내가 다른 아이들에게 책을 던졌을 때는 아무 생각 없이 행동했던 것이다. 꾸짖는 것은 행동의 변화나 또 다른 행동을 이끌 수 있다. 거의 대부분의 자폐인들은 자기들이 보이는 행동을 통제할 수 없는 경우가 많다. 즉, 생각 없이 반응하는 것이다.

먹는 음식을 잘 관찰하라. 몸의 균형을 유지하기 위해 영양 섭취를 골고루 해야 한다. 가끔 자폐 아동들은 필요한 영양을 생산해 내거나 소화시키는 뇌 체계를 가지고 있지 않다. 따라서 몸의 균형을 유지하게 하는 미네랄 섭취를 잘 관찰할 필요가 있다. 앨런코트 박사의 연구에 의하면, 많은 자폐 아동들은 아연 결핍과 구리의 과잉을 보이고 있다고 한다. 이 두 가지는 몸의 혈액과 면역 체계에 필수적인 미네랄이다. 아연이 결핍되어 있는지 알아보기 위해 전문 의사의 진단을 받을 필요가 있다. 이 때 의사는 8시간에 걸쳐 포도당 내약성 검사를 하게 된다. 아연은 내이內耳의 발달과 전정 반응에 절대적으로 필요한 요소다. 아마도 비타민 치료가 필요할지도 모른다. 샌디에이고에 있는 아동행동 연구소장인 버나드 림랜드 씨는 비타민 B_6와 마그네슘이 많은 자폐 아동에게 도움이 된다는 연구를 했으며, 다른 연구들이 이와 같은 사실을 재확인했다. 자폐 아동은 또 알레르기 반응 검사를 해야 한다. 약물에 의존하기 전에 이러한 모든 방법들을 시도해야 한다.

많은 자폐인은 음식 알레르기가 있다. 자폐 아동의 음식에서 알레르기 반응을 일으키는 음식을 제거하면 그들의 행동이 많이 좋아질 수 있다. 알레르기를 일으키는 몇 가지 음식으로는 우유 · 밀 · 옥수수 · 토마토 · 초콜릿 · 설탕 · 버섯 등이다. 음식 알레르기가 행동에 끼치는 영향에 대한 지식을 가지고 있는 전문가를 찾아보는 것이 좋다.

워싱턴에 있는 메리 콜먼 박사는 자폐증의 신진 대사 결핍에 대해 연구하고 있다. 어떤 종류의 자폐증은 신진 대사 결핍을 고칠 수 있는 특수 식이 요법의 도움을 받을 수 있다.

아동에게 약을 과잉 복용시키지 않도록 조심해야 한다. 약이 자폐 아동에게 잘 맞으면 실제적으로 큰 도움을 받게 된다. 토프라닐은 나에게 특효약이었지만 다른 사람들에게는 나쁠 수도 있다. 어린 아동에게 약물을 과잉 복용시키는 것은 위험한 일이다. 내 개인적인 견해는 되도록 어린아이들에게 약물 복용을 피해야 한다는 것이다. 그러나 최후 방법으로 사용할 수는 있다. 약물 복용을 권유받았을 때는 한 번에 한 가지씩 약을 사용해서 그 효과를 평가해 본다. 한 가지 이상의 약을 동시에 복용하면 약의 정확한 효과를 알기 어렵다. 아동에게 약을 주는 것은 단지 한 가지 증후를 없애기 위해서 쓸 때가 많다. 그러나 정말 신체의 잘못된 생화학 작용을 고쳐 주거나 보정해 주는 약을 찾았을 때는 상당히 도움이 된다. 맞는 약을 찾은 후에는 그것을 아주 적은 용량부터 효과적으로 사용하는 것이 좋다.

안정되고 질서 있고 안전한 환경을 유지하도록 노력한다. 자폐 아동은 하루 동안에 너무 많은 변화가 일어나면 제대로 기능을 발휘할 수 없다. 하루 일과를 순서에 따라 체계적으로 한다. 하루의 시작을 일어나기, 세수하기, 아침 식사 하기 등으로 시작한다. 자폐 아동은 그들 세계에 질서를 만들어낼 수 없다. 따라서 다른 사람들이 그의 환경을 질서 있게 만들어 주는 수밖에 없다. 자폐인들은 일반인과 다른 흐름을 가지고 움직이는데, 그런 흐름이 그들에게는 의미가 있다.

자폐 아동은 무엇을 듣는가? 때로 나는 듣고 이해를 한다. 그러나 어느 때는 소리와 남의 말이 달려오는 화물차 소리처럼 참을 수 없는 소음으로 들릴 때가 있다. 사람이 많이 있는 곳의 소음과 복잡한 상황은 항상 나의 감각을 억눌렀다. 자폐 아동에게 말할 때는 항상 조심해야 한다. 되도록 짧은 문장과 쉬운 용어를 사용해야 한다. 또 어린이를 직접 바라보고 말해야 한다. 자폐 아동들은 상대방 몸 전체의 움직임을 보면서 배우기 때문이다. 단지 단어만 듣고서 말하는 것은 아니다. 필요할 경우에는 아동의 턱을 부드럽게 손으로 받치면서 눈을 맞추고 말한다. 이것은 자폐 아동들에게 아주 어려운 일이다. 그들의 눈은 말하는 사람을 제외한 모든 것을 바라보는 것 같다. 활기차게 말하는 것이 좋다. 당신의 아이가 당신이 지은 미소를 보면서 기쁨을 읽고, 축 처진 눈을 보면서 슬픔을 읽도록 한다. 이렇게 얼굴 표정은 자폐 아동에게 상대방의 눈, 얼굴, 그리고 몸 전체에 관심을 갖게 할 수 있다. 단조로운 어조로 말하지 말고 중요한 단어는 강조한다. 예를 들면 "네가 그린 토끼가 아주 좋구나" 하면서 '아주'라는 말에 힘을 준다.

고착증에 대해서는 그것을 보다 긍정적인 행동으로 바꾸어 주도록 해야 한다. 의도가 있는 고착증은 직업에 대한 호기심을 불러일으킬 수 있다. 고도 기능의 자폐증 성인은 독립적으로 살 수 있으며 직업도 가질 수 있다. 아동기에 숫자에 집착했던 남자아이가 성인이 되어서 국가 예산의 효율성에 대한 보고서를 작성하는 일을 훌륭하게 해내는 경우가 있다.

전문가를 찾도록 한다. 전문가의 다양한 의견을 듣는다. 장애 아동을 위한 협회에 참여한다. 새로운 지도 방법, 치료 연구에 대해 계속해서 관심을 갖는다. 다른 자폐 아동 부모들과 만나서 대화를 나눈다.

오늘날 나는 가축 도구 디자이너로 성공한 사람이다. 다시 한 번 동창회 모임의 초대장을 보면서 누가 '나 같은 괴짜'를 초대할 생각을 했을까 하고 생각했다. 나는 이 동창회 모임에 갈 것이다. 가족과 다른 사람들의 도움과 사랑으로 나는 정말 긴 여정을 걸어왔다. 나의 시각적 사고력을 통해서 또 다른 '딱지 붙은 자폐인' 들이 그들의 상징적 눈을 통해 성공적인 세계로 나아가고 있는 것을 '본다'.

추천사 1

장애아가 전문인이 되기까지의 모험

이 책을 읽는 것은 어쩌면 모험일지도 모른다. 그동안 이처럼 진실한 이야기를 담아낸 책이 없었기 때문이다. 이 책은 놀랄 만큼 특이한 사실들로 가득해서 독자들에게는 소설처럼 보일 것이다. 그러나 이 이야기는 모두 사실이다.

나는 20년 전쯤 이 책의 저자 템플 그랜딘을 처음 만났다. 그녀가 나에게 전화를 했다. 그 때 그녀는 내 책 《유아기 자폐증》을 읽었는데 만나서 몇 가지 문제를 논의하고 싶다고 했다. 그녀는 회복된 자폐인으로 현재 대학에서 심리학을 전공하고 있다고 자신을 소개했다.

최근 들어 자폐증이라는 용어가 널리 사용되고 있다. 자폐증에서 회복되었다는 사람들 가운데 약 4분의 1만이 정말로 자폐증에서 회복된 것처럼 보인다. 템플의 경우,

목소리와 일반인과 다른 직선적인 행동을 통해서 그녀가 자폐인이거나 회복되어 가고 있는 자폐인이라는 느낌을 받았지만, 그녀의 얘기를 들을수록 그녀가 과연 자폐인인가 하는 의구심이 일었다. 극소수의 자폐인이 고등학교까지는 들어가지만, 대학에 진학해서 잘 적응하는 경우는 매우 드물다. 또 대학에서 성공적으로 생활하는 경우는 주로 수학이나 컴퓨터 영역이며, 심리학은 특히 자폐인이 적응하기 어려운 영역이다. 그런데 그녀는 혼자 낯선 도시에 와서 나에게 전화를 하고 또 만날 계획을 하고 있지 않은가! 이러한 자신감은 자폐인에게 아주 드물 뿐 아니라 그런 활동을 하려는 시도는 더욱더 어려운 일이다.

키가 크고 각져 보이는 얼굴의 그녀를 만났을 때, 그녀가 자신에 대한 진단을 정확히 했다는 확신을 받았다. 나는 그녀의 어린 시절 이야기에 푹 빠져버렸다. 그녀의 과학적 탐구 역시 나의 흥미를 끌었다. 그녀는 다른 과학자들처럼 지식 탐구에 몰두했을 뿐 아니라, 자신을 이해하려고 노력했기 때문에 탐구열이 누구보다도 더 강렬해 보였다. 미래를 위한 직업 선택이나 그에 대한 준비가 다른 대학생들과 달라서 더욱 인상적이었다. 머릿속에 오랫동안 기억되는 만남이었다.

한동안 이야기를 나눈 뒤, 내 처와 함께 셋이서 점심식사를 했다. 자폐인들의 특징인 음조를 바꿀 줄 모르는 큰 목소리는 다른 손님들의 시선을 끌곤 했다. 나는 여러 번 그녀에게 미안하지만 조금 작은 목소리로 말하라고 부탁하지 않을 수 없었다. 매우 놀라운 일은, 그녀는 내 말에 대해서 조금도 기분 나빠하지 않았다는 점이다. 그녀는 본인이 자폐증으로 인해 일반인과 다른 특이성을 지녔다는 점을 인정하면서 있는 그대로 그 상태를 받아들일 뿐만 아니라, 그로 인해 당황하거나 자의식에 빠지지 않고 장애를 극복하려는 태도를 보였다. 이러한 그녀의 솔직함 · 개방성 · 평범함이 이 책을 더욱 유익하게 만들었다. 솔직하고 교활하지 않은 사람을 만나는 것은 큰 기쁨이다.

내가 알고 있는 한 이 책은 자폐증에서 회복된 사람이 쓴 최초의 책이며 아주 흥미로운 책이다. 독자들은 이 책을 읽음으로써 보호 시설 기관에 영원히 갇힐 수도 있었던 운명을 가진 장애 아동이 자라나 어느 한 전문 분야에서 세계적으로 알려진 존경받는 성인이 되는 모험을 같이하게 될 것이다. 이 책의 저자는 자신의 정신적 변화 과정을 설명할 수 있고 자신의 내적 감정, 공포 등을 독자에게 전달할 수 있는 사람이다. 따라서 독자들은 다른 많은 자폐인들이 보여줄 수 없는 그들만의 세계를 들여다볼 수 있는 행운을 얻게 될 것이다.

최근 템플 씨와 통화를 했는데, 처음 만났을 때보다 자폐인 특유의 목소리들이 아주 많이 사라졌음을 느꼈다. 그녀는 계속 성장하고 발전하고 있는 것이다. 이 책에서 그녀는 자신의 전문직뿐만 아니라, 성격에서도 많은 성공을 이루어 한 인간으로서 완성됨을 보여준다. 이 글의 행간에서 엿보이는 그녀의 불요불굴의 정신은 우리가 인간임을 자랑스럽게 한다.

버나드 림랜드 박사
아동 행동 연구소
샌디에이고, 캘리포니아 주

추천사 2

자폐아에게도 희망이

여러 해가 지난 뒤에 옛 제자를 다시 보는 것만큼 스승에게 기쁜 일이 또 있을까? 특히 그녀는 온갖 어려움을 극복하고 자신의 꿈을 실현하여 한 사람의 훌륭한 인간으로서 내 앞에 나타났다. 뿐만 아니라, 그녀는 이제 자신이 택한 분야에서 최고 권위자로 성장했고, 어려운 처지에 있는 다른 사람들을 위해 책까지 저술했다. 정말 기쁜 일이 아닐 수 없다.

오래 전, 교장 선생님은 나에게 템플을 좀 만나 보라고 하셨다. 교직원들에 의하면, 템플은 어딘가 말하는 것이 이상하고, 곧잘 엉뚱한 질문을 던진다는 것이다. 교장 선생님은 그런 템플이 걱정스러웠던 모양이다. 그래서 나의 의견을 듣고 싶다고 하셨다. 내가 느끼기에 템플은 분명히 교장 선생님의 아끼는 학생들 가운데 한 사람이었다.

템플과의 첫만남은 그렇게 해서 이루어졌다. 그녀는 정면으로 나를 쳐다봤는데 그녀의 눈길에는 박력과 정열이 깃들어 있었다. 나는 또 굳게 잡은 그녀의 손길에서 그녀가 보통 젊은이들과 다르다는 점을 직감할 수 있었다. 그녀는 단정하고 깨끗했지만, 당시 유행하던 옷차림이나 머리 모양과는 어딘가 거리감을 두려고 하는 듯이 보였다. 그녀의 관심은 분명히 다른 데 있었던 것이다. 그녀의 목소리는 진지했으며, 그녀는 대답을 원하고 있었다. 나는 몇 시간 동안, 예상보다 훨씬 더 길게 그녀와 얘기를 나눴다. 이른바 이상한 얘기나 엉뚱한 질문을 하는 것도 실은 대학에서의 철학개론을 상기시키는 것들이었다. 나는 그녀의 환상적인 세계로 끌려들어가는 나 자신을 발견했다.

내가 다시 템플을 만난 것은 그로부터 20여 년 후 그녀가 이 책을 준비하고 있을 때였다. 그리고 그것은 여러 면에서 첫 번째 만남과 너무나 흡사했다. 그녀의 자폐증적, 자기중심적 성격은 예전과 다름이 없었다. 하지만 그녀는 새 방향으로 활로를 찾아가고 있었다. 아니, 그녀는 자신의 핸디캡을 충분히 활용하고 있는 것처럼 보였다. 템플은 동물심리학이라는 다소 생소한 분야에서 박사 과정 연구에 여념이 없었기 때문이다. 굳게 잡은 그녀의 손길, 실용적인 서부풍의 옷차림 등은 예전 그대로였다. 하지만 그녀의 말에 의하면, 그녀는 머리 모양을 '바꿔 보라'는 자기 어머니의 충고는 한사코 따르지 않았다. 그녀는 자폐증에서 벗어나 새로운 사람이 된 것이 아니라, 자신의 약점을 수용하고 그 바탕 위에서 새로운 삶을 시작한 것이 분명했다.

학창 시절의 템플은 학과 수업, 목수일, 자물쇠 따기 등 온갖 행사에 다 참여했다. 그녀는 곧잘 어려운 질문을 던졌고, 또 그것에 대한 대답을 요구했다. 그녀는 무슨 일에나 깊이 빠져드는 성격이었고, 때로는 엉뚱한 짓도 했다. 사내아이 같은 그녀의 옷차림 역시 관습적이라고는 할 수 없었다. 대부분의 교직원이나 학생들은 그러한 템플을 존경하는 마음으로 대했다. 그러나 자신들의 일원으로 받아들이지는 않았다.

겉으로는 무관심하게 보였을지 몰라도, 템플은 자신에 대한 남들의 의견에 신경을 많이 썼다. 자신의 행동이 이상하게 보이지 않도록 하는 방법을 찾기 위해 꾸준히 노력했다는 말이다. 윤리적인 의식도 성숙해 가고 있었다. 언젠가 로켓 모델을 만드는 프로그램에서, 나는 템플보다 성적이 다소 떨어지는 한 남자아이에게 상을 준 적이 있다. 그것은 그 상이 그 아이에게 매우 중요하기 때문이었는데, 템플은 자기가 더 잘한 줄 알면서도 나의 결정을 이해했다.

템플이 가장 힘들어한 것은 오히려 장애자를 보호해야 한다는 주위 사람들의 잔인한 친절, 즉 보호의 벽을 뛰어넘는 일이었다. 그녀의 장래 문제만 하더라도, 학교 선생들은 한결같이 그녀가 목수일에 관심을 보인다는 이유만으로 그녀가 직업 학교에 진학하기를 희망했다. 그러나 정작 템플 자신이 선택한 것은 동물 심리를 연구하는 것이었고, 결국 그녀는 그것을 통해 자폐증을 극복하고 일어설 수 있었다.

이처럼 템플은 자신의 체험을 통해 자폐아에게도 희망이 있다는 사실을 입증했다. 우리가 만약 그들을 진정으로 이해하고 배려하고 수용하며, 그들에게 기대를 가지고, 또 지원과 격려를 아끼지 않는다면, 그들은 그런 바탕 위에서 자신의 잠재력을 충분히 키워나갈 수 있을 것이다.

독자 여러분은 이 책을 통해서 내가 템플에게 어느 정도 영향을 끼친 사실을 알 수 있을 것이다. 비록 눈에 잘 띄지는 않지만 템플도 실은 나에게 상당한 영향을 끼쳤다. 나는 그녀가 어떻게 자신의 장애와 싸워 왔으며, 극심한 혼란과 좌절 속에서 어떻게 그것을 극복했는지를 지켜봤다. 무엇보다 나는 그 과정에서 고귀한 인간 정신을 목격했다. 독자 여러분도 이 책을 통해서 이러한 체험을 할 수 있기를 바란다.

템플의 고등학교 교사 윌리엄 칼록
캘리포니아 주 베리 크리크에서

역자후기

내가 이 책을 접하게 된 것은 우연이라면 우연이지만 세상사에 우연이 있을까? 필연적인 우연이라고 해둠직하다.

이 책은 우선 재미있었다. 자폐인인 저자가 어린 시절에 저지르는 웃지 못할, 그러나 웃지 않을 수 없는 많은 에피소드는 희극 작품 못지않게 재미있었다. 그러나 이 책의 정말 중요한 가치는 그 웃음과 함께 굳게 닫혀 있던 자폐인의 세계를, 우리가 그렇게 들여다보려고 해도 볼 수 없었던 미지의 영역을 자폐인 자신이 보여주고 있다는 데 있다.

템플 그랜딘은 감각 장애, 특히 촉각 장애로 인해 어려서부터 어머니의 껴안음과 입맞춤을 갈망했음에도 불구하고 어머니의 접촉이 그녀를 공포에 휩싸이게 했다. 그 껴안기고 싶은 욕망을 채우기 위해 그녀는 자신의 천재적 구상력을 발휘하여 압박기를 고안한다. 이 압박기는 가축에게 예방 주사를 놓거나 농장 이름을 낙인 찍기 위해 가축을 잡아 놓는 도구에서 아이디어를 얻어 창작했다. 이 압박기를 미국에서는 자폐 아동을 위해 사용하는 곳이 늘어나고 있다.

우리는 템플을 통해 저 깊은 내면으로는 사랑의 접촉이나 포옹을 갈구하면서도 표면으로는 질식할 것처럼 거부하는 '자폐인의 운명'을 극복해 가는 과정에서 인간을 넘어서 동물에까지 그 사랑의 손길이 미침을 목격하게 된다. 초기의 거부 단계를 넘어서면 거기에 인간의 따스한 정을 기다리는 또 하나의 인격체가 있었던 것이다.

《어느 자폐인 이야기》는 자폐인을 둔 부모와 교사들이 그들을 이해하는 데 최상의 안내서가 될 것이다. 자폐인 자식이 있는 미국의 TV 코미디 연속물 〈M. A. S. H〉의 신부 모케히로 나오는 윌리엄 크리스토퍼는 "이 책은 심한 장애를 극복한 여성이 정상적 생활을 영위하는 용기를 드러낸 증거물이다. 자폐인을 지도하는 교사들과 자폐인의 부모들이 이 책을 읽고 도움 받기를 바란다"고 극찬했다.

이 책이 나올 때까지 수고와 격려를 아끼지 않으신 분들이 계신다. 이 글을 진정 기쁜 마음으로 컴퓨터에 입력하고 글을 다듬어 주었던 원광 장애인 종합 복지관 사회

사업가 최미영 씨와 그분을 지켜보며 격려와 위로를 아끼지 않았던 기획과 이연규 과장께 깊은 감사를 표한다. 독자들이 이해하기 쉽게 우리말 표현을 다듬어 주었던 남편 지재성 박사에게 사랑과 감사를, 밥상에 식사가 준비되지 않아도 참아 주었던 자식들에게 미안함과 고마움을 보낸다. 끝으로 이 글의 출판을 기꺼이 맡아 주신 김영사에 깊은 감사를 드린다.

이 책이 자폐인들이 겪는 고통을 이해하고 그에 적절한 지지와 교육을 제공하는 기초가 되길 바라며 글을 줄인다.

박경희

템플 그랜딘 박사와의 인터뷰

본 인터뷰는 1996년 2월 1일 시행된 것이며 인터뷰를 한 스티븐 에드슨 박사는 1980년대 초 어버너 샘페인에 있는 일리노이 대학에서 저자 템플 박사와 같이 공부했다.

스티븐 : 어린 시절 일들 중 기억나는 것은 무엇인가? 그리고 그때 몇 살쯤이었는지?

템플 : 내가 계절 프로그램에 참여했을 때가 기억난다. 그때 나는 세 살 무렵의 아주 어린 나이였다. 그때 얕은 물 웅덩이 옆에서 놀던 기억이 난다. 그리고 생후 3년 6개월이 되었을 때 몇 가지 일이 확실히 기억나는데, 무엇보다 말을 할 수 없어서 괴로워했다. 내가 무엇을 말하려 했는지는 알고 있었지만, 말이 나오지 않아서 괴성을 질러댔다. 이 기억은 아주 선명하다.

또 유아 학교에서 언어치료를 받던 때도 기억난다. 선생님은 무엇을 시킬 때는 칠판을 가리키는 지시봉으로 아이들을 가리켰는데, 나를 가리킬 때마다 나는 소리를 질렀었다. 그 이유는 뾰족한 물건으로 사람을 가리키면 눈을 찌르게 되니까 그렇게 하면안 된다고 집에서 배웠기 때문이었다. 나는 집에서 배운 것을 선생님에게 말할 수가 없었다.

또 어떤 사람이 피아노를 치던 일과 피아노 주변을 걸어가던 일도 생각난다. 아마 제일 오래된 기억인 듯한데, 일이라고 기억되는데, 청력 검사를 하러 병원에 갔던 일도 떠오른다. 청력 검사에 대해서는 아무것도 생각나지 않지만 하룻 밤 병원에 입원했던 것은 기억난다. 그때 주변에 많은 동물 인형들이 놓여 있던 조그만 침대에서 잠이 들었던 것 같다.

스티븐 : 최근 자기 아이가 자폐증이라는 진단을 받은 부모들이 당신에게 상담을 청한다면 그들에게 무슨 이야기를 해주는가?

템플 : 음. 대개는 아이의 나이를 먼저 물어본다.

스티븐 : 그럼, 아이가 다섯 살이 안 되었다고 가정하자.

템플 : 나는 아이의 삶에 일찍부터 간섭해 주어야 한다고 확신하는 사람이다. 부모는 자폐증 아이가 바깥세상과 연결돼 있도록 해주어야 한다. 즉 바깥세상에 관심을 끊은 채 자기안의 세계에 빠지게 내버려둬서는 안 된다는 말이다. 내 경우는 바깥세상과 연관을 끊은 채 있었다. 나는 가만히 앉아서 몸을 흔들거리며 내

손 사이로 모래가 빠져나가는 행동을 반복했던 기억이 난다. 이때 바깥세상은 완전히 차단되어 있었다. 이런 아이들을 그대로 내버려 두면 발달하지 않을 것이다. 많은 조기 치료 프로그램이나 교육 프로그램들은 서로 다른 이론적 근거를 가지고 있지만, 내가 본 바에 의하면 좋은 선생님만 있다면 이론적 근거들이 무엇이든지 간에 똑같은 일을 해줄 수 있다. 나는 세상과 연결되도록 도와주는 것이 정말 중요하다고 생각한다. 아주 어릴 때부터 나는 식탁에 앉아 적절한 매너를 지키도록 교육받아 왔다. 최근 자폐증의 경우 일주일에 적어도 20시간은 바깥세상과 연관되어 있어야 한다는 것을 보여주는 연구 결과들이 나오고 있다. 내 생각에는 아이에게 일주일에 적어도 20시간 이상을 바깥세상과 연결되어 있도록 해주는 한은 어떤 치료사, 어떤 치료 프로그램을 고르든 큰 문제는 없다고 생각한다.

또한 나는 자폐증에 대해 통합치료적 접근의 신봉자이다. 내 감각상의 문제는 듣는 것에 대한 예민함이었는데, 학교 수업 벨 소리 같은 큰 소리를 들으면 귀가 터질 듯 했다. 그 소리는 마치 치과 의사의 드릴이 내 귀를 뚫고 있는 것 같았다. 또한 촉각에도 매우 예민했다. 꺼끌꺼끌한 속치마는 마치 사포로 살갗을 문지르는 듯했다. 속치마가 온통 사포처럼 느껴지는데 교실에서 잘 행동할 수 있는 아이는 없을 것이다. 또한 도나 윌리엄스가 기술한 것 같은 시각적 문제들도 있을 수 있다. 이러한 감각의 문제들은 사람에 따라 다르다는 사실을 다시 한번 강조하고 싶다. 청각 문제가 심각한 아이들도 있고 시각 문제가 더 심각한 아이들도 있으며, 두 가지가 다 심각할 수도 있다. 어떤 경우는 '레인맨'의 경우처럼 청각 문제가 크게 심각하지 않을 수도 있다. 이 문제점들이 아주 다양하다는 점은 아무리 강조해도 지나치지 않으리라 생각된다.

아이에 따라 행동치료적 접근이 필요할 수도 있고 감각치료적 접근이 필요할 수도 있다. 자폐증이란 정말 다양한 질환이다. 나는 이 점을 특히 강조하고 싶다. 한 아이에게 잘 적용되었던 치료나 교육 방법이 다른 아이에게는 아무런 효과가 없을 수도 있다. 그러나 단 한 가지 모든 경우에 한가지 공통되는 점은 아이의 행동과 삶에 일찍 관여를 하면 효과가 있고 예후가 좋아질 수 있다는 것이다.

스티븐 : 아이의 나이가 5~10세에 첫 진단을 받았다면 어떠한가?

템플 : 5~10세의 아이라면 증상이 훨씬 더 다양하다. 아주 고도의 기능을 지니고 정상적인 학교 생활을 할 수 있는 경우부터 여러 가지 신경 증상들을 가지고 전혀 말을 하지 못하는 경우까지 아주 다양한 경우가 나올 수 있기 때문이다. 어떤 아이들을 보면 자폐증이 일차적인 진단명으로 적절한가 하는 의문이 드는 경

우가 있다. 거의 걸을 수도 없는 아이들이 자폐증이라는 진단을 받고, 자폐증 모임에 참석하는 경우도 있다. 전부는 아니지만 이들 중 많은 경우는 자폐증과는 완전히 다른 증상처럼 생각된다. 이럴 때는 각각의 경우를 살펴서 가장 적절하다고 생각되는 일을 해주어야 한다.

스티븐 : 당신은 자폐증에서 감각문제가 중요하다고 강조한 선구자 중 한 사람이었다. 이 문제에 대해 현재 당신의 생각은 어떠한가?

템플 : 나는 사람들이 자폐증에서 감각문제가 중요하다는 사실을 알아야 한다고 생각한다. 이 감각문제는 경미한 정도의 청각 예민증에서부터 동시에 보고 들을 수 없는 증상에 이르기까지 매우 다양하다. 심한 경우 모든 감각이 뒤죽박죽되며 어디까지가 자기 몸인지도 느끼지 못하게 된다. 이러한 사람은 말을 잘하고 정상적인 학교 생활을 할 수 있는 아이들과는 다른 접근이 필요하다. 실제로 이렇게 말을 못하는 아이의 경우는 훨씬 부드러운 접근이 필요하다. 도나 윌리엄스는 단일 채널 접근에 대해 기술했는데 그녀는 들을 수도 있고 볼 수도 있지만 두 가지를 동시에 할 수는 없었다. 내 경우는 단순히 "자, 이리 와서 여기를 봐라!"라고 말함으로써 자폐증에서 끌어낼 수 있었지만, 더 심

한 감각문제를 가지고 있는 아이에게는 이런 방법으로 접근할 수는 없다. 이런 경우 문제행동의 원인이 생물학적인 이유 때문인지 아니면 단순한 행동장애 때문인지를 잘 생각해 보아야 한다. 학교 벨소리를 들으면 귀가 터질 것 같은 아이에게 무작정 학교 벨을 무서워하지 않게 할 수는 없는 것이다.

스티븐 : 나에게 이러이러한 것들을 물어봐달라고 요청한 부모들이 많이 있다. 22명이 있는 유치원에 전반적인 발달장애로 진단 받은 다섯 살 된 아이가 다니는데, 아주 공격적이라고 한다. 어머니 말에 의하면 아이는 그 반에서 특정한 아이에게만 공격적이고, 그 아이를 숨이 막힐 지경까지 몰고 간다고 한다.

템플 : 그 얘기만 가지고는 충분한 대답을 할 수가 없다. 실제 전반적 발달장애와 자폐증은 엄밀하게 행동상 진단명으로 다운 증후군처럼 절대적인 진단명이 아니다. 전반적 발달장애로 진단을 받은 아이라도 아주 많은 차이가 있다. 부모들 얘기를 들어보면 전반적 발달 장애로 진단 받는 아이에게는 두 가지 종류가 있는 것 같다. 하나는 아주 경미한 경우로, 말도 잘하고 자폐적인 경향이 심하지 않다. 다른 타입은 실제 신경에 이상이 있다. 이런 경우는 말도 하지 못하고 자폐적인 감각 문제들도 가지고 있다. 아이가 감정을 보이고 사람에 대해 흥미를 가지고 있으면

전반적 발달장애로 진단을 내리므로, 실제 이런 두 가지 경우는 사과와 오렌지만큼이나 다른 것이다.
아이가 특정한 아이에게만 공격적이라면 왜 그런지 주의 깊게 살펴볼 필요가 있다. 그 아이가 자폐증 아이를 특히 괴롭히지는 않은가? 어느 경우든 이 행동을 멈추게 하기 위해서는 행동치료적인 접근을 할 필요가 있다.

스티븐 : 다른 아이의 목소리 때문에 그럴 수도 있는가?

템플 : 그럴 가능성도 있다. 어떤 아이는 특정한 목소리를 못 견뎌 할 수도 있다. 어느 선생님한테서 들은 이야기인데 어떤 아이는 자신이나 다른 사람의 소리를 들으면 문제가 있었다고 한다. 이 경우는 여자가 내는 고음과 관계가 있는 경향이 있다. 물론 모든 경우에 다 해당되는 것은 아니다.
아이의 부모나 치료사는 아주 훌륭한 탐정이 되어 무엇이 아이를 공격적이게 하는지 원인을 찾아내야 한다. 그 아이가 단지 나쁜 행동을 할 수도 있다. 불행히도 행동 요법을 시행하는 치료사들이 감각상의 문제를 무시하는 경우가 많다. 예를 들어 어느 아이가 체육관을 무서워하여 가지 않으려 한다고 하자. 이런 경우는 아주 많다고 들었다. 그 아이는 스코어보드의 버저 소리가 귀를 날려버릴 것 같이 괴롭기 때문에 두려워하고 있는 것이다. 언

제 그 소리가 날 줄 안다면 시계만 들여다보면서 본 채 잔뜩 움츠려 있을 것이다. 누구도 치과의사의 치료기인 드릴로 귀를 뚫는 것 같은 소리를 듣게 되는 방에 들어가려 하지는 않을 것이다. 형광등의 깜빡거림에 고통을 받을 수도 있고, 방에 달려있는 환기팬이 돌아가는 소리에 녹초가 될 수도 있다. 나에게도 그런 경험이 있다. 수술을 하기 위해 입원한 적이 있었는데 그 방에 환기팬이 있었다. 그 팬은 베어링이 망가져 끽끽 소리를 냈는데 그 소리를 참을 수가 없어 캄캄한 화장실에서 밤을 보냈다. 나는 단지 그 소리를 견딜 수 없었을 뿐이다.

어떤 경우는 아이가 문제행동을 했을 때, 단순히 나쁜 행동에 불과할 수도 있다. 이런 경우는 행동치료적인 관점에서 치료되어야 한다. 그러나 자세히 관찰해서 무엇이 문제행동의 원인인지를 알아야 적절한 간섭을 해줄 수 있는 것이다. 이야기만 듣고는 충분한 얘기를 해줄 수가 없어 미안하다.

스티븐 : 여기 다른 질문이 있다. 어느 선생님이 보내온 편지인데, 전반적 발달장애로 진단받은 아홉 살 먹은 여자 아이와 2년 동안 같이 있었다고 한다. 이 여자 아이는 만지는 것에 극도로 예민한데 특히 자르기나, 숫자 세기, 운동처럼 힘에 버거운 작업을 다시 하도록 어깨를 다독거리거나 할 때 더 심하며 항상 “만지지마. 그러면 다쳐”라고 반응한다고 한다. 하지만 읽기를 할 때는 같은 경

우에도 그런 반응이 없다고 한다.

템플 : 다시 말하면 그녀가 촉각에 예민한 경우 무엇을 하고 있느냐에 따라 달라진다는 것이다. 한 가지 문제는 운동을 하는 체육관에는 많은 메아리가 있다는 것이다. 아주 어렸을 때 나는 식당에서 음식을 먹는 데 문제가 있었다. 식당 의자들이 앞뒤로 끌리는 소리뿐만 아니라 여러 가지 소리들로 무척 시끄럽기 때문이다. 대부분의 체육관도 마찬가지다. 그곳에 있으면 아주 시끄러운 소음으로 신경계가 흥분되고 감각이 더욱 예민하게 반응했다. 하지만 읽기 작업을 하는 장소는 다르다. 그곳은 매우 조용하기 때문에 그녀의 신경계도 훨씬 차분해질 것이다. 자주 만지는 연습을 시키는 것도 촉각의 예민함을 줄이는데 도움이 된다. 다른 방법은 매트 위에서 구르게 하거나 매트리스 밑에 누워있게 하여 깊은 압력을 가해주는 것이다. 신체적인 운동이나 가볍게 문질러 주는 것도 신경계를 안정시키는 데 도움이 될 수 있을 것이다.

스티븐 : 자라면서 무엇이 가장 도움이 되었다고 생각하는가?

템플 : 여러 가지가 있다. 사람들은 항상 모든 것을 완전히 바꿔버릴 수 있는 단 한 발의 마법 탄환을 찾는다. 그러나 그런 마법

의 탄환이란 없다. 나는 운 좋게도 두 살 무렵부터 아주 훌륭한 선생님들에게 좋은 교육을 받아왔다. 훌륭한 선생님의 중요성은 아무리 강조해도 지나치지 않다. 좋은 선생님이란 황금보다도 더 값어치가 있다. 어떤 선생님은 자폐아들을 솜씨 있게 다룰 수 있지만 그렇지 못한 선생님들도 있다. 만약 좋은 선생님을 발견했으면 아주 강력하게 그에게 달라붙어야 한다. 우리 어머니는 읽는 것을 가르쳐 주셨다. 나는 초등학교 3학년 무렵에 제대로 된 궤도에 올라섰다. 그리고 약 3년은 아주 잘 지냈다.

하지만 중학교 시절은 정말 힘든 시기였다. 그리고 사춘기가 왔다. 사춘기 때 불안 증세가 나타났고 내 모든 신경이 곤두섰다. 그 시기는 정말 끔찍했다. 그때 나에게 과학에 대한 흥미를 불어넣어 주신 과학 선생님이 계셨다. 그 후에도 내게는 많은 도움을 준 구세주가 있었다.

나는 30대 초반부터 항우울제를 먹기 시작했다. 항우울제가 없었다면 지금의 나는 없었을 것이다. 나는 우울증 치료제인 프로잭이 잘 듣는 사람을 몇 명 알고 있는데 항우울제에 대해 한 가지 경고를 하고자 한다. 항우울제가 어떻게 작용하는지를 설명하려는 것이다. 이것은 프로잭 계열 같은 최근의 약물이나 삼환계 항우울제 같은 오래된 약물들이 다 해당된다. 항우울제는 뇌에서 두 개의 회로에 작용한다. 하나는 불안과 신경을 가라앉히는 회로이고, 다른 하나는 흥분을 일으키는 회로로서 이것이 항우울 효과를 나타낸다. 우울증을 없애주는 약물을 항우울제라 부르므로, 우울증이 있는 환자에게 다량의 항우울제를 사용하면 우울 증상이 사라진다. 그러나 대부분의 자폐아는 실제로 우울증이 있는 것은 아니므로, 항우울제를 다량 복용하면 안절부절못하고, 격앙되거나, 흥분되는 등의 증세가 나타난다. 너무 많이 먹으면 공격적이 되고 불면증으로 괴로울 수도 있다. 가끔 프로잭이 효과가 없었다는 이야기를 하는 사람을 만나는데, 이것은 과다 복용 때문이라고 생각된다. 요령은 다른 회로가 너무 흥분되지 않도록 하면서 신경을 안정시키는 것이다. 불면이나 흥분의 증상이 나타날 때 흔히 하는 실수는 복용량을 늘리는 것이다. 이것은 최악의 결과를 낳는다. 도리어 복용량을 줄여야 한다. 나는 15년간 같은 용량의 항우울제를 먹고 있다. 지금도 내 신경은 주기적으로 올라갔다 내려갔다 하지만 전보다는 훨씬 좁은 범위 내에서 움직인다. 약간의 재발이 있을 때마다 용량을 늘리고 싶은 욕구를 억제해야 한다. 100퍼센트 조절이란 있을 수 없다. 최고로 잘되었을 때에도 90퍼센트를 조절할 수 있다. 이 항우울제에 대해 한마디 덧붙이고 싶은 말은 모든 사람에게 효과가 있는 것은 아니라는 것이다. 가장 중요한 것은 '자폐증'이라는 이름 아래 여러 종류의 사람들이 있으므로 어떤 사람에게 잘 들었던 것이 다른 사람에게는 전혀 듣지 않을 수도 있다는 사실이다. 또한 약을 복용할 때 그 효과와 가능한 위험의 정도를 따져보는 것도 대단히 중요하다. 약을 먹을 때 '정말로 약이 잘 들었다' 는 느낌을 주는 약을 골라야 한다. 그래야만 약을 먹는 데서 올 수 있는 위험들을 무릅쓸 가치가 있는 것이다. 자폐증에 약을 쓴다면 짧은 시간 안에 눈에 띄는 행동상의 변화가 있는지를 체크해야 한다. 만약 눈에 띄는 변화가 없다면 그 약물은 끊는 것이 좋다.

스티븐 : 불행히도 어떤 사람들은 처방을 받으면 그 약이 도움을 주건, 안 주건 계속해서 먹는 경우가 있는데 …… .

템플 : 만약 고혈압이나 당뇨병 치료를 위해 약을 먹는다면, 혈압이나 혈당치의 측정 같은 객관적인 방법으로 효과를 검증할 수 있다. 이것은 확실한 방법이다. 그러나 자폐증의 경우는 행동의 변화를 보아야 한다. 그 약이 무엇이든 약효가 있었는지 알 수 있는 유일한 방법은 교사나 부모가 변화를 확인하는 방법뿐이다. 의사가 아이를 5분간 면담한다면, 그 5분 동안에 아이는 병원 벽을 걷어 찰 수도 있고, 완벽한 천사처럼 행동할 수도 있다. 5~10분이라는 짧은 시간 동안에는 아무리 의사라도 그 아이 행동의 정확한 모양을 볼 수 없다. 아이를 오랜 시간 동안 관찰한 사람만이 아이의 행동을 정확히 이해하고 그것에 대해 의견을 말할 수 있다. 약은 즉시 확실한 효과를 보여주어야만 한

다. 확실한 진전이 없다면 그 약은 곧바로 폐기처분해야 한다. 만약 약물을 몇 달 또는 몇 년 동안 먹은 후에 약물을 끊으려면 반드시 서서히 용량을 줄여가야 한다. 며칠이나 몇 주일 정도만 먹었을 때는 곧바로 끊어도 된다. 오랜 기간 복용한 경우보다 훨씬 수월할 수 있다.

스티븐 : 당신이 고안한 압박기에 대해 부모나 전문가들의 반응은 어떤가?

템플 : 자폐 아이들, 특히 말을 못하는 성인의 경우 눌러주는 것을 좋아한다는 얘기를 부모들에게서 많이 들었다. 그들은 소파 쿠션 밑으로 들어가거나 더운데도 담요로 몸을 둘러싸기도 하고 매트리스 사이로 들어가려고 한다. 압력은 신경계를 안정시켜 준다. 어린 아이의 경우에는 운동할 때 쓰는 매트리스나 콩을 담은 자루로 만들어진 의자처럼 돈을 많이 들이지 않으면서 압력을 줄 수 있는 방법들이 있다. 과잉으로 움직이려는 아이를 차분히 안정시키는 데는 무거운 조끼가 도움이 될 수도 있다. 이것은 사진사들이 입는 조끼와 비슷한 것에 패드를 대어 무겁게 만든 것이다. 실제로 조금만 압력을 가해 주어도 신경을 가라앉힐 수 있다. 압박기가 모든 사람을 치료할 수는 없지만 이들의 신경계를 이완시키는 데는 도움이 될 것이다. 이완되

면 대개 행동이 좋아진다.

스티븐 : 압박기가 성인들에게 특히 도움을 주리라 생각되지만, 당신의 압박기에 관한 실험 결과는 내게 단지 어떤 아이들에게만, 즉 교감 신경의 높이가 올라가 있는 아이들에게 큰 도움이 된다는 것을 알게 해 주었다. 당신이 동물과학 분야에서 박사학위를 받은 것을 잘 모르는 사람들도 있는 것 같은데, 간단하게 박사 학위 논문의 내용과 결과를 얘기해 주었으면.

템플 : 내 박사학위 논문은 돼지 뇌의 신체성 감각피질부에서 신경섬유 말단이 발달하는 것에 환경이 어떻게 영향을 미치는가 하는 것이었다. 쥐를 대상으로 한 연구는 이미 여러 번 있었다. 즉, 기어 올라갈 장난감이 많고 또 그 장난감을 매일 바꿔주는 디즈니랜드 운동장에서 키운 쥐가 플라스틱 쥐통 속에서 키운 쥐보다 시각 중추에 훨씬 더 많은 신경 섬유를 가지고 있었다. 나는 디즈니 피그랜드에서 키우는 돼지와 좁은 돼지우리에서 팔기 위해 키우는 돼지의 다른 효과를 검증해 보려 하였다. 그런데 놀랍게도 정반대의 현상이 관찰되었다. 즉, 좁은 돼지우리에서 자란 돼지의 대뇌 피질에서 더 많은 신경 세포가 발견되었던 것이다. 우리는 왜 이런 현상이 나타나는지 의문을 가졌다. 주변에 아무도 없는, 밤중에 찍은 비디오테이프를 관찰하면서 우리는

이 돼지들이 주둥이로 들쑤시는 행동을 더 많이 한다는 것을 발견했다. 바닥에 코를 쑤셔박거나, 자기들끼리 서로 몸에다 코를 쑤셔박곤 했다. 주변에 아무도 없을 때는 판에 박힌 행동을 했던 것이다. 이렇게 해서 생긴 여분의 신경 말단은 아마도 비정상적일 것이었다. 이것이 바로 내가 어린 자폐증 아이를 하루에 여섯 시간 동안씩 구석에 앉아 있게 하거나, 바깥세상과 단절된 채 있게 해서는 안 된다고 주장하는 근거 중 하나다. 그런 아이들의 대뇌에는 신경말단의 고속도로가 생길지도 모른다. 문제는 그 고속도로가 없어야 할 곳에 생긴다는 것이다.

또한 이것은 아직까지는 설의 수준에 불과하지만, 자폐아에게는 2차적인 뇌 손상이 일어날 수도 있다는 것을 얘기하고 싶다. 이런 아이는 대뇌 변연계limbic system와 소뇌의 발달이 불완전한 채 태어났다. 그러나 이러한 아이들이 감각이나 다른 문제들로 인하여 움츠러들어, 외부의 자극을 받지 않은 채 있으면 뇌의 다른 부분이 적절히 발달하지 않을 수도 있다. 이것은 어디까지나 가정이다. 현재 이것을 증명할 수는 없지만, 동물 실험에서는 이 가설을 지지해주는 결과들이 있다. 예를 들어 새끼가 어릴 때 적절한 자극을 받지 못한다면 영원히 완전해지지는 못한다. 잘 알다시피 자폐증의 아이에게서 나타나는 반복적이고 판에 박은 듯한 행동은 동물원에 갇힌 동물에서 볼 수 있다. 왜 동물원의 동물이 자폐증 아이와 비슷한 증상을 보일까? 자폐증 아이는 주변 세상에서 들리는 소리, 만져지는 것, 보이는 것 등, 모든 것이 계속해서 상처를 주기 때문에 위축된다. 동물원의 동물은 주변 환경을 박탈당해 때문에 아무것도 할 일이 없기 때문에 그런 행동을 보이게 된다. 동물원의 사자는 콘크리트 상자 안에서 산다. 다행히도 최근의 동물원들은 좀더 멋있는 모양을 보여주려 애쓰지만, 옛날 동물원의 사자는 아무것도 할 일이 없었다. 따라서 발달에 필요한 자극이 부족해지고, 지루함을 못 견뎌 판에 박은 듯한 행동을 하게 된다. 연구 결과에 따르면 이런 환경은 다 자란 동물보다는 어린 동물에게 더 심한 손상을 입힌다고 한다. 이런 일로 아이가 손상을 입는 것은 다 자란 어른의 경우와는 다르다. 이것이 내가 일찍부터 간섭해 주라고 말하는 이유 중 하나다. 우리는 아이들이 바깥세계와 끊임없이 관계를 갖도록 해주어야 한다. 당신이 아이의 내면세계에 들어가, "이리 와서 여기를 봐!"라고 말해서 세상 밖으로 끌어낼 수 있는 세 살짜리 아이도 있지만, 그렇게 되지 않는 아이도 있다. 이런 아이들에게 강제로 눈을 맞추려고 하면 그것은 아이의 신경 조직에 과도한 자극을 주는 것이 되어, 오히려 아이는 문을 닫고 들어가 버린다. 아무것도 그 안에 들어갈 수가 없다. 그들은 '단일 채널'을 가지고 있는 탓에 한 번에 한 가지 감각밖에 느끼지 못한다. 이런 아이들에게는 뒤로 살며시 들어갈 필요가 있다. 아이의 시각에 덜 자극적인 방 안에서 아주 작은 속삭임으로 아이를 불러보거나, 낮고 부드러운 목소리로 노래를 불러주어 볼 필요가 있다. 그러면 그 속으로 들어갈 수 있을지 모른다. 같은 자폐증 아이라도 굉장히 다양하다.

스티븐 : 자폐증 때문에 당신의 인생에서 무엇인가 놓치고 있다고 느낀 적은 없는지?

템플 : 지난 몇 년 동안 『그림으로 생각한다』라는 책을 쓰면서 다른 사람이 가진 것을 나는 놓치고 있다는 느낌을 갖게 되었다. 그것은 '감정상의 복잡성'이며, 나는 그것을 '지적인 복합성'으로 대치해서 썼다. 나는 내 지성을 사용하는 데 큰 만족을 느낀다. 나는 그 일이 어떻게 일어났을까 궁리하거나 문제를 해결하는 것을 좋아한다. 이때만 나는 세상과 관련을 갖게 되는 것이다. 내가 다른 사람에게서 발견하는 감정상의 복잡성이란 남녀 사이에 진행되는 리듬과 같은 것이다. 나는 가끔 비행기 안에서, 때로는 바로 그들 곁에 앉아서 이것을 지켜보곤 한다. 그것은 다른 행성의 생명체를 관찰하는 것과 비슷하다. 그들에게 동기를 유발시키는 것은 서로간의 관계이고, 나에게 동기를 유발시키는 것은 어떻게 어떤 일을 디자인 할 것인가, 가령 자폐증을 어떻게 하면 잘 치료할 수 있을까 하는 것들을 구상하는 일이다. 나는 내 마음을 문제를 해결하고 물건을 발명해 내는 데 사용한

다. 나는 물건을 고안하거나 새로운 연구를 하는 것에 큰 만족을 느낀다. 우리는 이제 막 대학에서 몇 가지 실험을 끝냈고, 좋은 결과를 얻었다. 이것이 나를 세상과 접촉해 있게 한다. 내 생이란 근본적으로 나의 일이다. 만약 내가 일을 갖지 못한다면 나의 생은 없을 것이다. 그런 까닭에 자폐증을 가진 아이들일지라도 중학교나 고등학교에 보내 적절한 교육을 받게 함으로써 자신이 관심을 가진 것을 직업으로 연결시켜주는 것이 필요하다. 그것은 매우 중요한 문제다. 그들은 예술 분야든 컴퓨터 프로그래밍 분야든 자신이 할 수 있는 분야에서 재능을 쌓아나갈 필요가 있다.

자폐증의 원인

자폐증의 많은 원인들은 상호 유전 인자의 복잡한 얽힘으로 일어난다. 자폐증은 정상에서 비정상까지 폭넓은 범위에 걸쳐 있다. 때로는 자폐적 특성들이 자폐 아동의 부모 형제나 가까운 친척들에게도 가벼운 정도로 나타난다. 자폐증은 다음과 같은 몇 가지 특성들을 지니고 있다. 지적으로 아주 우수하거나, 지나치게 부끄러워하거나, 학습장애, 우울증, 불안증, 공포증, 틱 장애(안면 근육 경련), 알코올 중독 등이 있다. 아주 극소수의 자폐인은 이러한 특성과 함께 높은 지능이나 창의력을 지니기도 하지만, 거의 대부분의 자폐증은 많은 문제를 불러일으킨다. 다른 원인으로는 프레자일 X 유전자, 바이러스 균에 의한 태아 손상, 신생아기의 고열 등이 있다.

뇌 해부 연구나 MRI 연구에 의하면, 자폐증을 가진 사람들의 뇌의 구조는 정상인과 다르다고 한다. 즉, 대뇌의 연계와 소뇌가 미숙하다. 이 분야 연구의 개척자는 보스턴에 있는 매사추세츠 병원의 의사 마가렛 바우맨이다. 또 다른 연구들에 의하면, 자폐인들은 뇌의 관에서 오는 신경 자극이 아주 천천히 전달된다고 한다. 요약하면 자폐증은 뇌의 어떤 부분이 잘 발달하지 않았거나 혹은 미숙해서 오는 장애다. 그러나 아주 특이하게 뇌의 다른 부분들이 일반인보다 발달할 수도 있다. 즉, 두드러진 시각적 능력이나 특이한 재능을 가진 자폐인들이 이와 같은 현상을 설명해 준다.

압박기

아마도 압박 기계는 어느 정도 자란 자폐 어린이나 성인들에게 다른 사람의 접촉을 받아들이거나 과잉 행동, 신경계의 과잉 충동을 줄이기 위해서 사용하면 도움이 될 것이다. 임상 실험에 의하면, 촉각적 자극체를 안정시키면 과잉 행동이 줄어들고 자폐 아동들이 그것을 즐긴다는 사실이 증명되었다. 이제 압박기에 대해 자세히 설명하겠다.

압박기의 내부는 인조 가죽으로 덮여 있는데, 그 안에 고무솜을 넣어서 패드를 만들었다. 그 기계는 사용자를 견고히 압박하면서 부드러움과 안정감을 준다. 고무솜을 넣은 패드는 사용자의 몸을 편안하게 하고, 불균형한 압력점을 없애기 위해서 만든 것이다. 압박이 주는 기분은 마치 꽉 둘러싸여 있는 것 같아서 매우 안정감을 주는 환

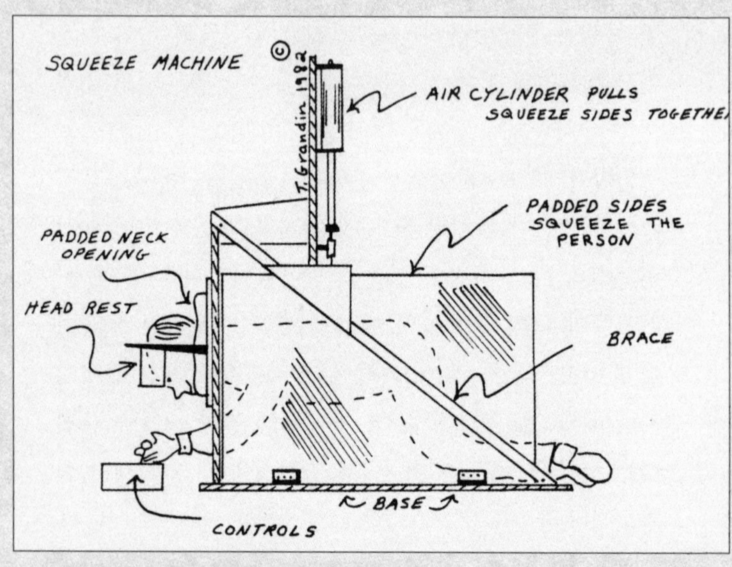

압박기의 사용자는 손을 밖으로 하고 무릎을 굽힌 자세를 취한다.
안에 들어가 있을 때는 안기는 기분을 피하기 위해 몸을 경직시키거나 밖으로 벗어날 수 없다.
사용자의 조작과 통제가 가능하며 언제든지 압박을 이완할 수 있다.
10~15분 동안 압력을 받으면 안정감을 느끼게 된다.

경을 제공함과 동시에 사용자의 뇌는 압박에서 오는 많은 자극을 받아들인다. 압박기가 주는 압력은 척수에서 나온 모든 신경들이 압력 수용체로 활성화되도록 한다.

압박기 안에 들어가 있을 때는 껴안기는 기분을 피하기 위해서 몸을 경직시키거나 밖으로 벗어날 수 없다. 중요한 것은 사용자가 이 기계를 통제한다는 것이다. 사용자는 조작이 가능하며 언제든지 압박을 이완할 수 있다. 이 기계에서 10~15분 동안 계속적인 압력을 받은 후에는 촉각 신경이 압박에 익숙해져서 위안감이 사라진다. 안정감을 계속 느끼기 위해서는 사용자가 압력을 천천히 이완했다가 다시 그 안정감의 수준에 따라서 압력을 천천히 늘려야 한다.

압박기는 속에 고무솜 패드가 들어 있는두 개의 판인데, 이 두 판의 밑에 경첩을 붙여서 V자 형으로 만들었다. 사용자는 손을 밖으로 내고 이 두 패널 사이에 들어가서 엎드려 무릎을 굽힌 자세를 취한다. 몸 옆쪽으로 압박이 가해지는데, 이 때 두 패널은 사람 쪽으로 모여서 잡아 올려진다. 이 기계의 압력은 공기 압박기, 즉 패널에 붙어 있는 공기 실린더에서 나온다. 그 기계가 공기에 의해서 압력을 얻기 때문에 사용자가 몸을 움직여도 일정한 압력을 받게 된다. 사용자의 몸은 패널이 V자 형으로 완벽하게 떠받쳐져서 완전한 이완 상태에 있을 수 있다.

이 기계에는 패드가 있는 머리판이 있고, 목이 나오는 구멍에는 부드러운 헝겊이나 인조 털이 붙어 있으며, 어깨받침이 있다. 또 목이 나오는 구멍이 목을 적절히 조정해 주므로 그 압박 기계가 꽉 껴안은 것 같은 기분을 느끼게 해 준다.

Emergence

Labeled Autistic